CHEVAUX DE FOUDRE

Aurélie Wellenstein

Chevaux de foudre

Magnard Jeunesse

Illustration de couverture : François Baranger
Direction artistique : François Supiot

5 allée de la 2e DB – CS 81529 – 75726 Paris 15 Cedex
www.magnardjeunesse.fr

Loi n° 49-956 du 16-07-1949 sur les publications destinées à la jeunesse.

Dépôt légal : avril 2015 – N° éditeur : 2015_0225
ISBN : 978-2-210-96126-5
Achevé d'imprimer en mars 2015 par BLACKPRINT

Chapitre 1

L'orage surprit Alix et son père au plus mauvais moment, alors que tous deux cheminaient au pas sur la plaine foudroyée. Ils venaient de vendre leurs maigres récoltes au marché du village voisin et leur jument les ramenait sans hâte à la ferme, la charrette brinquebalant dans les ornières de la route. Alix, épuisée par leur journée de travail, somnolait sur le banc du cocher, mais l'agitation d'Hadrien, son père, lui fit rouvrir les yeux. Il se retournait sans cesse pour scruter l'immense plaine noircie.

– Qu'est-ce qui se passe ? demanda-t-elle d'une voix pâteuse. Il y a un problème ?

– Je ne sais pas.

Une ride d'anxiété creusait son front. Le vent jouait dans ses cheveux blancs et malmenait sa tunique crasseuse. Le silence se prolongea tant qu'il alarma Alix.

– Un orage arrive sur nous ? voulut-elle savoir.

Elle se sentait tout à coup très bien réveillée. Hadrien ne répondit pas, ce qui acheva d'inquiéter la jeune fille.

– Un orage ? insista-t-elle. Maintenant ? Mais la vigie-tonnerre avait annoncé qu'il n'y en aurait pas aujourd'hui !

– On dirait qu'elle s'est trompée, grommela son père. Il va falloir accélérer, ma grande, ajouta-t-il d'un air sombre.

Il fit claquer les rênes et la vieille jument prit le trot. La charrette se mit à trembler et à grincer. Agrippée au banc, Alix observait les nuages anthracite qui s'amoncelaient dans le ciel, pleins de plis et de crevasses. Elle guetta un éclair, tendit l'oreille pour surprendre le roulement du tonnerre.

– On aura sûrement le temps de rentrer au village, murmura-t-elle pour se rassurer.

Son père ne répondit pas, mais ses doigts blanchissaient sur les rênes tant il les serrait. Ils parcoururent plusieurs dizaines de mètres sans échanger un mot. Puis Alix sentit la première goutte, tiède, mouiller son bras. Elle l'essuya d'une claque, comme si elle voulait écraser un insecte. Hadrien tourna machinalement la tête vers elle. Leurs regards se croisèrent et la terreur brute qui luisait dans les yeux de son père paralysa Alix.

– Papa ? gémit-elle.

– Ça va aller. Je te jure que ça va aller.

Il la saisit par les épaules et la pressa contre lui, l'étreignant de son bras maigre. Elle le sentit trembler.

– On peut s'en sortir, dit-il avec conviction. On va y arriver.

Il hurla sur la jument :

– Plus vite !

La pauvre bête accéléra l'allure. Les gouttes de pluie dessinaient des ronds sombres sur sa robe grise. Un éclair traça son zigzag blanc dans la pénombre. Sept secondes séparèrent la lumière du grondement du tonnerre. L'espoir d'échapper à l'orage s'amenuisait. Une tempête électrique se préparait et aucun abri n'était visible.

– Allez, Mally, souffla Alix. Fais un effort, ma belle !

La jument tourna les oreilles vers elle et continua valeureusement de tirer. L'air se chargeait d'une telle électricité statique que les cheveux de la jeune fille se dressèrent sur sa nuque. Sa peau la picotait.

Un deuxième éclair blanchit le paysage dévasté. *Un, deux, trois...*, commença Alix. Le roulement du tonnerre interrompit son décompte. L'orage accourait sur eux. Jamais ils ne le battraient de vitesse !

– Comment la vigie-tonnerre a-t-elle pu se tromper à ce point ? s'exclama-t-elle. C'est insensé !

Un nouvel éclair flamboya, tout proche. Un formidable craquement résonna sur la plaine et dans un flash de phosphore, un arbre s'embrasa. Les flammes rougirent l'obscurité. Le vent amena sur eux leur chaleur, chargée d'une odeur piquante de fumée.

On va prendre un orage électrique de plein fouet, songea Alix, éperdue.

Même avec un cheval de course, ils n'auraient pu rejoindre leur ferme à temps. La jument, folle de peur, galopait de toutes ses forces. Quand elle secouait la tête,

Alix apercevait ses yeux révulsés, ses naseaux dilatés, l'écume moussant à ses lèvres et sur son poitrail.

L'averse tourna au déluge. Un éclair éblouissant fulgura et un second arbre explosa en mille morceaux d'écorce brûlante. Il rougeoya un instant, puis disparut, noyé dans la masse de ténèbres liquide. Alix n'y voyait plus rien. Le vent et la vitesse lui rabattaient les cheveux dans les yeux. La pluie ruisselait dans sa bouche, dans ses narines. Les détonations incessantes lui meurtrissaient les tympans. De la boue giclait sous les roues de la charrette, et mouchetait ses pieds et ses mollets d'éclaboussures brunes.

– On s'arrête là ! commanda son père.

Alix acquiesça, peu surprise. Fuir ne servait plus à rien. Au contraire, à ce stade de l'orage, chaque foulée de la jument risquait de générer une tension de pas : un gigantesque arc de foudre qui les électrocuterait tous les trois. Son père sauta à terre.

– Empêche-la de se cabrer, ordonna-t-il.

Alix se précipita à côté de l'animal et se suspendit à son licol. Terrifiée, la pauvre bête tremblait de tous ses membres.

La pluie tombait encore plus dru, encore plus fort. C'est à peine si la jeune fille distinguait son père derrière les tentures grises de l'averse. Sa silhouette se découpait brièvement à la faveur des éclairs, baignée de blancheur. Alix ne parvenait plus à penser clairement. Les mêmes mots tournaient en boucle dans sa tête : pourvu que ça cesse, pourvu que ça cesse… La foudre tombait sans discontinuer dans un vacarme assourdissant.

N'aie pas peur, se dit-elle en son for intérieur. *Ce n'est rien.*

Pourtant, elle se mit à grelotter. Elle éprouva d'abord de simples frissons, puis des tremblements de plus en plus violents, et elle serra les mâchoires pour ne pas claquer des dents.

Il ne t'arrivera rien, s'assura-t-elle. *Pas à toi. Tu as été marquée par le fulgur. Tu n'es pas n'importe quelle petite fille terrifiée… Ça va aller. L'orage va passer. Aucun éclair ne va te toucher.*

Elle ferma les yeux et visualisa sa peur comme des gouttes de pluie glissant sur la robe des redoutables chevaux d'orage. Elle était l'une des leurs. Elle appartenait à la horde de l'étalon noir qui avait croisé sa route, alors qu'elle n'avait que quatre ans.

On lui avait tant raconté cette histoire qu'elle s'était imprégnée des moindres détails. Personne ne la croyait quand elle disait avoir de véritables souvenirs de la scène, mais au fond d'elle persistait la rémanence d'une large tête de cheval, à quelques centimètres de son visage.

Son père et elle travaillaient aux champs lorsque la horde de fulgurs avait déferlé sur le bourg. Les chevaux s'étaient abattus sur eux comme une tornade. Ils étaient au moins quarante, lancés au grand galop. Plusieurs personnes avaient disparu sous leurs sabots, mais les bêtes n'avaient pas ralenti. Au milieu des cris de panique, Alix s'était avancée, étrangement attirée par cette sombre vague animale. Auréolé d'une guirlande de foudre bleutée, la crinière et la queue crépitantes d'étincelles, un étalon avait lourdement galopé dans sa direction.

– Alix !

Même le hurlement de son père ne l'avait pas arrachée à son étrange fascination. Elle était restée sans bouger, debout dans la trajectoire de la bête.

Le cheval avait plongé sur elle.

Alix aurait dû périr à cet instant, sa vie fragile balayée par le torrent animal, mais sans crainte, elle avait tendu la main vers la créature.

Et le cheval avait pilé.

Le col arqué, soufflant, ronflant, piaffant, il avait incliné la tête. De ses petits doigts, l'enfant avait effleuré les naseaux veloutés, noirs à l'extérieur, gris à l'intérieur.

Et une décharge électrique l'avait foudroyée.

« Alix des fulgurs. »

Aujourd'hui encore, à quatorze ans, elle s'enorgueillissait de ce surnom. Sa main portait la marque du terrible cheval noir : une brûlure en forme de rose assombrissait sa peau, entre le pouce et l'index. Elle avait touché une créature de foudre, et elle avait survécu. Souvent, elle rêvait de l'étalon. Quand la crainte lui serrait le ventre ou que les larmes lui montaient aux yeux, elle frottait la marque sur sa main et se répétait : « Le fulgur m'a choisie. » Elle ne craignait rien, même pas l'orage. Les battements de son cœur ralentirent. Ses tremblements s'espacèrent. Elle commençait à se sentir mieux, lorsque la foudre se fracassa sur leur charrette.

Chapitre 2

La force de l'explosion projeta Alix en arrière. Elle battit des bras avant de s'écraser sur le dos, le souffle coupé. La boue retomba en pluie sur elle, mêlée de débris de planches.

– Mally !

Alix n'entendit pas sa propre voix. Ses tympans sifflaient à cause de la puissance de la détonation. Clignant des yeux, s'essuyant le visage, elle regarda autour d'elle, désorientée. Des étincelles pourpres crépitaient dans les ténèbres.

– Mally !

Où était la jument ? La jeune fille se redressa à quatre pattes, puis se releva en chancelant. Et là, elle vit les flammes.

La charrette brisée gisait dans un cratère noirci où le feu dansait furieusement, attisé par le vent. La jument n'était nulle part.

– Mally !

Alix hurlait sans discontinuer. Les mots résonnaient dans son crâne en une vibration sourde, mais elle ne les entendait pas. Elle se mit à courir au hasard, à la recherche de la jument. Son père la ceintura avec tant de violence qu'ils manquèrent de tomber tous les deux. Ils restèrent quelques secondes à se dévisager, les yeux écarquillés. Son père répétait quelque chose. Elle se concentra sur le mouvement de ses lèvres pour comprendre : *Mally n'a rien ! Mally n'a rien !*

La foudre avait dû pulvériser le timon où était attaché le harnais et la jument, soudain libérée, était partie au galop. Alix ressentit un intense soulagement, même si savoir que la bête fuyait actuellement entre les éclairs n'était pas rassurant.

Elle cessa de se débattre. Courir après Mally ne servait à rien. Il fallait attendre la fin de l'orage. Hadrien la lâcha. Épuisée, la jeune fille resta les bras ballants, au milieu du chaos de lumière et de tonnerre, jusqu'à ce que tout à coup, une dizaine d'éclairs simultanés forment un arbre de foudre. Le paysage s'illumina comme en plein jour.

– Des fulgurs ! s'écria-t-elle, ébahie.

Les chevaux galopaient au cœur de la tempête. Leurs silhouettes se détachaient dans une brume de pluie. Ils étaient une trentaine, lancée à pleine vitesse.

La jeune fille comprit alors d'où provenait cet orage délirant : les fulgurs l'avaient entraîné avec eux.

– Attention ! l'avertit son père. Ils nous foncent dessus !

Malgré ses tympans meurtris, Alix perçut le tumulte de leur cavalcade. L'onde qui secouait la terre devint surpuissante. Des étincelles jaillissaient de leurs sabots, de leur crinière, de leur queue... Le sol s'embrasait et des flammèches s'envolaient dans la pénombre, aussitôt douchées par la pluie.

– Ils arrivent ! À terre ! ordonna Hadrien.

Il fit mine de se baisser et tendit la main pour obliger Alix à l'imiter, mais la jeune fille s'esquiva d'un saut. Elle se revoyait à quatre ans, quand les chevaux d'orage avaient traversé son village. Elle avait tendu la main et l'étalon s'était arrêté...

Fascinée, elle regarda la vague noire s'abattre sur eux. Un étalon colossal menait la horde, naseaux dilatés, oreilles plaquées sur le crâne.

– Couche-toi ! cria son père.

Elle n'était pas sûre de l'avoir vraiment entendu. Elle se trouvait ailleurs, dans son souvenir enchanté, les mains tendues vers le cheval. Une fraction de seconde plus tard, le monstre surgit devant elle, la crinière gonflée, l'œil écarquillé, l'écume blanchissant son poitrail. Cela ne dura qu'un bref instant – un instant beau et étrange – pendant lequel elle n'éprouva nulle peur. Puis le géant s'éleva au-dessus d'elle. Son corps énorme décolla du sol. Son ombre la recouvrit ; il la survola, éclipsant le ciel et la pluie. Ses sabots frôlèrent les cheveux rouges de la jeune fille. Le souffle rauque de la bête lui emplit les oreilles ; et son odeur puissante, animale, flotta autour d'elle.

Puis l'angle du sabot arrière droit de l'étalon lui fracassa la tempe.

Quand elle reprit conscience, Alix était étendue sur le dos, la tête lourde, le visage noyé de pluie. Elle entendait mieux. Son père la tirait par le bras pour la relever et lui disait quelque chose…

– L…ve…toi… L…

– Quoi ? bredouilla-t-elle.

Les deux mots répétés en boucle finirent par prendre sens :

– Lève-toi, lève-toi, lève-toi !

Il y avait une telle peur, une telle urgence dans la voix d'Hadrien qu'elle tâcha d'obéir. Elle tenta de se lever. Ce seul mouvement menaça de la renvoyer dans les limbes. Une décharge de douleur lui traversa la tempe. Sa tête roula sur sa nuque et sa vue se brouilla instantanément.

Elle retomba à quatre pattes et respira à fond pour ne pas s'évanouir. Sa vision s'éclaircit comme l'oxygène emplissait ses poumons. Elle regarda autour d'elle.

Le monde était en proie au chaos.

La foudre blanchissait le ciel. Une puissante odeur de cuivre et de cendres empuantissait l'atmosphère. Des gens hurlaient, couraient en tous sens, s'interpellaient bruyamment. Les chevaux se cabraient. Un éclair tomba sur un fulgur et les hommes reculèrent en voyant le corps de la bête s'embraser.

Qui étaient ces gens ? Pourquoi se trouvaient-ils

là, tout à coup, au beau milieu d'une horde de fulgurs déchaînés ?

Alix ferma les yeux. La tête lui tournait. Un effort de plus, et elle vomirait de douleur. Elle se pelotonna dans la boue.

– Non ! Debout, je t'en prie ! lui cria son père. Ce sont des Romains !

Des Romains ? Ce simple mot lui envoya un jet de peur sous la peau. Plusieurs d'entre eux avaient déjà pillé son village et volé leurs récoltes. Un jour, ils avaient même arraché aux bras de sa voisine une jeune fille en larmes. On ne l'avait jamais revue.

Alix effectua un violent effort, mais malgré toute sa bonne volonté, elle ne put se lever. Elle retomba à plat ventre. En frappant la terre, son crâne résonna comme une cloche.

Son père la saisit sous les aisselles pour la soulever. Il réussit à la hisser sur ses pieds, tenta de la porter, mais il était trop faible et elle, trop lourde.

– Allez, allez, l'encouragea-t-il.

Un bruit assourdissant explosa sur leur droite. Les déflagrations se multiplièrent. Alix n'y comprenait rien. Le monde se désagrégeait. Des claques sèches lui meurtrissaient les joues, les mains, les cuisses : des cailloux volaient jusqu'à elle. Les cris s'intensifièrent. Quelqu'un hurla :

– Foudre !

Et une traînée éblouissante blanchit ses paupières

fermées. Une violente explosion la sépara de son père. Le vacarme les engloutit.

Elle reprit connaissance, étendue sur le dos dans une flaque. De petits influx électrisaient l'eau et des fourmillements lui parcouraient la peau, de plus en plus désagréables. Si elle restait là, elle risquait l'électrocution ! Haletante, elle roula à l'écart. Sa tête pesait une tonne. Elle sentit une bosse sous ses doigts glacés.

Papa, pensa-t-elle aussitôt.

Elle se mit à genoux. À ce moment, ses oreilles sifflantes se débouchèrent, sa vue s'éclaircit ; le spectacle qu'elle découvrit provoqua une décharge d'adrénaline dans ses veines. Quelqu'un gisait à terre, rôti par la foudre.

– Papa ! hurla-t-elle.

Elle se précipita vers le corps, à quatre pattes. Mais ce n'était pas son père. Le cadavre portait un uniforme rouge : une tunique de Romain. À la vue des cloques sur la peau de l'homme, l'estomac d'Alix se souleva. Elle détourna le regard et aperçut enfin Hadrien. Il était étendu un peu plus loin, inconscient. Elle le rejoignit, lui saisit la main et la pressa entre les siennes. Il gémit.

– Ça va aller, lui dit la jeune fille, souriant à travers ses larmes. Ce n'est rien. C'est tombé à côté de nous. Reste là. Ne bouge pas.

Elle s'assit à côté de lui. L'orage avait nettement faibli. À quelque distance de là, elle remarqua alors quatre fulgurs prisonniers d'un groupe de Romains. Les pauvres bêtes sautaient sur place pour se débarrasser de leurs liens. Une corde reliait leur encolure à leurs jambes postérieures ; une autre attachait leurs antérieures, si bien qu'elles ne pouvaient fuir et s'épuisaient à tirer sur leurs entraves. La bave aux lèvres, elles bondissaient, piaffaient et tentaient de se cabrer sous le regard amusé de leurs tortionnaires. Une jument grise se roula furieusement au sol et ne parvint plus à se relever. Elle se tordit dans la boue, hennissant de rage et de détresse. Alix suspendit sa respiration : juste derrière elle, debout, héraldique, se tenait l'étalon qui l'avait renversée.

Chapitre 3

Alix n'avait vu le cheval qu'une seconde, pourtant, elle était sûre qu'il s'agissait de lui : plus grand que les autres, sa robe d'un noir charbonneux semblait tissée de nuages d'orage. Sa crinière et sa queue diffusaient une sourde clarté lunaire. Ses épaules massives, sa croupe puissante tremblaient d'énergie contenue. Des étincelles jaillissaient de ses sabots à chaque contact avec le sol. Ces petits chocs faisaient frémir l'eau des flaques.

– Foudre ! avertit quelqu'un.

Avant que l'étalon n'ait le temps de décharger son électricité, l'un des hommes le frappa sauvagement. Le fouet traça un sillon sanglant sur le chanfrein de l'animal, qui hennit de souffrance.

– Non… murmura Alix.

Elle se leva, mais ses jambes refusèrent de la porter. Au même moment, les Romains tirèrent sur la corde qui attachait le jarret de l'étalon. Déséquilibré, le cheval s'écroula. Il tenta de se redresser. Une secousse sur la corde le renvoya à terre. En furie, il se souleva encore. Il tâchait d'atteindre ses adversaires de ses lourds sabots et son corps lançait des éclairs qui se dissipaient aussitôt.

– N'arrêtez pas ! ordonna l'homme au fouet. Il faut lui passer le collier !

Les Romains faisaient chuter la bête, l'étranglaient et la frappaient. Alix assistait à la scène, pétrifiée.

Les assauts furieux de l'animal devenaient de minute en minute moins puissants. Enfin, éreinté, il s'immobilisa, tête basse. Sa respiration soulevait et creusait ses flancs barbouillés d'écume, de pluie et de sang. Pourtant, le Romain au fouet continuait d'envoyer sa lanière à droite, à gauche, en bas, en haut. Le cuir sifflait, claquait, et déchirait à chaque coup la peau délicate de l'étalon.

– Non ! cria Alix.

Elle se releva maladroitement et chancela vers le cheval.

– Arrêtez !

Personne ne l'entendit. Sans doute les hommes ne l'avaient-ils pas remarquée ou bien la croyaient-ils morte, foudroyée. Alix bondit sur le dos du Romain qui frappait toujours le fulgur et le ceintura comme elle put de ses bras frêles.

– Par Junon ! s'exclama l'homme. Qu'est-ce que c'est que ça ?

D'un mouvement d'épaule, il précipita son fardeau au sol. Alix se mit à quatre pattes, et en rampant, se jeta sur le cheval. Elle se coucha en travers de son corps, les bras en croix, pour le protéger.

– Ça suffit, balbutia-t-elle. Ne le frappez plus !

Le flanc du fulgur se soulevait et s'abaissait sous le ventre de la jeune fille. Elle ressentait avec une acuité insupportable la détresse, la colère et la peur de l'animal.

– Fiche le camp, pauvre folle ! grogna le Romain. Tu veux te faire électrocuter ?

– Non... Je ne veux pas... que vous le frappiez encore...

Les sanglots hachaient sa voix. Elle s'obstinait à garder les bras écartés. Les hommes la regardaient, indécis. Il fallait qu'elle agisse vite, qu'elle profite de ce minuscule répit. Elle s'agenouilla et posa sa main sur l'épaule du fulgur.

– Là, mon beau... chut... C'est fini, dit-elle d'une voix ferme et sûre. Il ne te frappera plus.

Les oreilles du cheval se redressèrent. Son œil écarquillé, cerclé de blanc, la scruta anxieusement. Son naseau déchiré par le fouet palpitait à chaque inspiration. D'une torsion des reins, il essaya à nouveau de se redresser. Les Romains recommencèrent à tirer sur les cordes.

– Non, laissez-le ! cria Alix. Je réponds de lui, ajouta-t-elle d'une voix plus basse.

Les cordes mollirent, et cette fois, le cheval réussit à se lever. Alix continuait de lui parler, concentrée sur lui. Plus rien n'existait autour d'elle. Elle nouait un lien ténu avec l'animal. Un fluide passait entre eux. La courte respiration du fulgur s'approfondit et il cessa de secouer la tête.

Elle tendit le bras. Ses doigts survolèrent la peau douce et sensible de son nez, prenant garde à ne pas effleurer les horribles blessures que lui avait infligées le fouet. Elle enfouit ses mains dans les crins rêches de son toupet. Le cheval s'immobilisa ; ils se regardèrent, les yeux dans les yeux.

– Petite… murmura quelqu'un.

La magie s'interrompit brutalement. La boue trempée de sang réapparut autour d'elle. Les Romains la dévisageaient avec stupéfaction : elle était comme suspendue au cheval, les deux mains nouées à la puissante tête sauvage.

Le moment de grâce éclata en mille morceaux lorsque l'homme au fouet la saisit par l'épaule, la projeta au sol, et attrapa le fulgur par la crinière.

– Le collier de Faraday ! ordonna-t-il.

Ses acolytes se précipitèrent vers lui avec un immense collier en métal, rigide, circulaire. L'anneau gigantesque roula autour de l'encolure du cheval et s'y fixa, flottant comme en apesanteur. L'électricité contenue dans le corps de la bête flamboya, mais le collier l'absorba. Le fulgur poussa un hennissement de rage et de désespoir. L'acier aspirait son énergie ; il le vidait de ses forces.

Les hommes reculèrent, satisfaits. Celui qui tenait le fouet se tourna alors vers Alix, restée assise par terre. Il était impressionnant avec ses yeux noirs, sa musculature sèche cintrée dans une armure en cuir bouilli, et sa fourrure de loup, négligemment jetée sur ses larges épaules. Pourtant Alix le défia du regard, sans bouger.

– Hors de ma vue, grogna-t-il. Dégage tout de suite avant que je t'ouvre le crâne.

– Mais non, qu'elle reste au contraire ! s'exclama un autre homme. Cette petite sauvageonne a l'air de bien s'entendre avec les fulgurs.

Bien que plus jeune que le Romain à la fourrure de loup, il avait la nonchalance arrogante des chefs, et Alix se méfia immédiatement de lui. De fines pattes d'oie bridaient le coin de ses yeux bleus, lui donnant une expression rieuse, mais son profil était acéré, et son menton, autoritaire. Vêtu d'une luxueuse tunique rouge, brodée d'or, il arborait sur son torse un écusson représentant un loup noir.

– Qu'est-ce que tu fais là, petite gueuse ? lui lança l'homme au fouet.

Comme elle gardait les dents serrées, un autre Romain répondit pour elle :

– C'est une péquenaude du coin, rien de plus.

– Tu as raison, approuva le chef en se caressant le menton d'un air pensif. Dommage, j'aimais bien l'idée d'une sauvageonne née au milieu des fulgurs. Enfin, peu importe, on la prend avec nous.

– Quoi ? balbutia Alix.

La peur la frappa comme un coup de poing. Sans s'occuper d'elle, l'homme au fouet se mit à grommeler :

– Pour quoi faire, maître ? C'est une bouche de plus à nourrir.

– Peut-être, mais une bouche qui murmure à l'oreille des chevaux d'orage. Elle m'intéresse. Je m'appelle Caius, apprit-il à Alix. Désormais, tu diras « maître » quand tu t'adresseras à moi, et toi, tu répondras au nom de « Claudia. »

Alix sursauta, et une vague de colère lui chauffa le ventre. Il ne lui avait même pas demandé son nom, et se permettait de la baptiser selon sa fantaisie, comme si elle était un animal de compagnie. Elle ouvrit la bouche pour répliquer ; il la devança :

– Tu vas m'écouter. Et tu vas m'obéir. Si tu te rebelles, je te tue. Si tu te sauves, je te tue. Tu as compris ?

Elle se figea de stupeur, et le Romain esquissa un petit sourire satisfait qui la glaça d'effroi.

– Vous ne pouvez pas, murmura-t-elle.

– Bien sûr que si ! s'esclaffa l'homme. J'ai dit que tu venais avec nous et c'est ce qui va se passer.

– Non !

Le cri la fit sursauter. C'était son père. Elle se retourna, tandis que les Romains, surpris, se raidissaient. Hadrien arrivait en chancelant vers eux.

– Vous ne me la prendrez pas, rugit-il.

Il tenait une courte épée, probablement ramassée sur le corps du Romain foudroyé.

– Papa, non !

Et curieusement, alors qu'Alix criait cela, la voix de Caius couvrit la sienne, impérieuse :

– Cornélius, non !

Un javelot vola par-dessus l'épaule de la jeune fille, tétanisée, et percuta Hadrien en pleine poitrine. Elle poussa un hurlement déchirant, tel celui d'une bête touchée à mort, comme si c'était elle qui avait pris l'arme dans le cœur. Son père s'effondra. Du sang coulait de sa bouche. Son regard se voilait déjà…

Le choc manqua de tuer Alix. La foudre s'abattit à l'intérieur de son crâne, et elle s'écroula sur les genoux, sidérée par l'horreur.

Chapitre 4

Embrumée par la douleur et la fatigue, Alix perdit le fil du temps. Depuis quand titubait-elle sur la route, emportée par ses ravisseurs ? Tout s'était passé si vite, dans une confusion ahurissante. Les Romains l'avaient entraînée, hurlante. Ses jambes ne la soutenaient plus et elle était tombée à de nombreuses reprises.

La jeune fille essayait de comprendre, de se rappeler un mot d'explication dans le torrent d'ordres et de cris qui avait suivi le meurtre de son père. Elle avait saisi que Caius, le chef du groupe, avait réprimandé le geste de Cornélius : une simple insulte, claquée sèchement au nez de l'homme à la peau de loup. Le meurtrier n'avait présenté ni excuses ni regrets. Bien au contraire, il avait lancé à Alix un coup d'œil obscène – celui qu'on dédierait à une bonne marchandise – son regard s'attardant sur ses longs cheveux rouges, puis passant sur ses yeux noisette, si clairs qu'ils paraissaient orange, avant de descendre le long de son corps mince et élancé. La jeune fille aurait préféré mourir…

Les Romains lui avaient passé un nœud de chanvre autour du cou. Elle s'était retrouvée attachée aux chevaux d'orage.

Les quatre fulgurs marchaient en file, encordés les uns aux autres. Dépouillé de sa hargne et de sa colère, l'étalon noir avait l'air triste désormais. Il avançait à petits pas, gêné par les entraves. Sa crinière pendait mollement sur son encolure prise dans le collier de Faraday. La sueur et le sang collaient les poils de sa robe. Il respirait vite, asphyxié par l'angoisse. Lui qui avait connu l'ivresse de la liberté ne supportait pas la morsure des liens. Parfois, il lançait des ruades malhabiles ou s'arcboutait contre les cordes. Alix lui parlait pour l'apaiser, pour l'inciter à marcher. S'il se rebellait, il mourrait. Les hommes préféreraient le tuer plutôt que le libérer…

Il ne pleuvait plus. Les nuages s'effilochèrent et un pâle soleil finit même par apparaître. Dans la lumière grise, les vastes flaques miroitaient comme de l'acier. Les bottes d'Alix s'enfonçaient dans la boue gluante. Elle devait se battre pour chaque pas et ses pieds ne s'extrayaient de la fange qu'au prix de violents efforts, avec un chuintement visqueux. La terre exhalait une odeur âcre de pourriture qui l'écœurait. À bout de forces, elle finit par trébucher et tomba lourdement à quatre pattes.

– Lève-toi ! ordonna le meurtrier de son père.

– Je ne peux pas…

Il déplia son fouet et répéta d'un ton glacial :

– Lève-toi.

Elle obéit, suffoquée par la haine, et remonta péniblement à la hauteur de l'étalon noir. Le cheval poussa un ronflement sonore. Sans réfléchir, Alix flatta son encolure charbonneuse. Le bourdonnement électrique, sous la peau du fulgur, la fit sursauter. Il y avait une telle puissance en lui. Seul le collier l'empêchait de la pulvériser. Ou bien… Prudemment, elle toucha sa crinière, puis comme il ne la repoussait pas, elle lissa ses crins entre ses doigts. Il acceptait sa présence, son contact. Sentait-il que tous les deux partageaient le même sort, prisonniers des Romains ? Cette pensée, de façon un peu égoïste, la réconforta. Elle continua d'avancer, la main dans la crinière de l'étalon.

Ils marchèrent ainsi une éternité, à travers des paysages calcinés par l'orage. Les premiers jours, Alix dormit peu et mangea à peine les rations qu'on lui distribuait. Sa blessure à la tête ne l'élançait plus, mais la nuit, elle restait les yeux grands ouverts dans le noir. Pourquoi continuait-elle ? Pourquoi se battre désormais ? Pour qui ? Elle savait que ces hommes l'entraînaient loin de chez elle. Ils la menaient à Rome, la terrible capitale de leur empire. Et jamais elle n'en reviendrait. Pourtant, quelque chose l'aida à tenir, la poussa à se nourrir, à dormir pour reconstituer ses forces : un désir brûlant, une pulsion sauvage et écarlate. La vengeance. Elle allait détruire les ennemis qui, en une seconde, avaient fait basculer sa vie.

Alix ne sut pas vraiment quand elle franchit la frontière. L'empire n'était pas si différent de son pays. Les mêmes plaines noircies par les incendies se succédaient, avec leurs arbres amputés de leurs branches. Puis, un jour, elle découvrit les premiers esclaves romains.

C'étaient des paysans qui travaillaient courbés dans des champs boueux. Un enfant osa se redresser pour regarder passer les chevaux. Aussitôt, un contremaître le cingla de son fouet. Le petit se mit à piauler sous les coups ; l'autre n'en continua pas moins. Même à cette distance, Alix ressentit avec dégoût le plaisir que prenait l'homme à s'enivrer de sa propre force, de sa position dominante.

– Il va le tuer s'il continue, grommela-t-elle tout haut.

Le chef Caius l'entendit et se retourna vers elle, vaguement intrigué.

– Pourquoi pas ? rétorqua-t-il. Ce garçon lui appartient. Il peut le tuer s'il veut.

– Mais ce n'est qu'un enfant !

– C'est un esclave, rectifia Cornélius en lui jetant un drôle de regard.

La jeune fille rentra la tête dans les épaules. Ses doigts se crispèrent sur les crins rugueux du cheval noir. Elle devait prendre sur elle, étouffer ses sentiments, mais la peur lui nouait l'estomac. Il n'était pas difficile de prédire ce qui l'attendait : elle aussi serait exploitée, battue comme cet enfant… Peut-être valait-il mieux en finir tout de suite, mourir de façon éclatante mais libre, plutôt que vivre une existence désespérée.

Je pourrais voler l'épée de Caius, songea-t-elle.

Il suffisait de la tirer du fourreau, par-derrière, d'un geste vif, et de toutes ses forces de la lui planter entre les omoplates…

Aussitôt formulée, l'idée lui parut risible. Elle devait s'armer de patience, endormir ses adversaires pour mieux les frapper plus tard. Les dents serrées, elle continua de marcher sans mot dire et, toute à ses pensées, ne remarqua pas les nuages qui s'accumulaient au-dessus d'eux. C'est le vent froid qui la surprit. Elle releva la tête pour voir l'eau des mares se froisser. Le ciel s'était teinté de rouge au ras de l'horizon, jaune pâle au-dessus. Dans ce contre-jour pisseux, des croix se découpaient en ombres chinoises, alignées au bord de la route. Alix plissa les yeux. Il lui semblait que des corps humains y étaient suspendus…

– Faudrait pas traîner, dit tout à coup Cornélius.

Il scrutait le ciel bouché, respirant par petits coups rapides.

– Un orage se prépare. Un gros.

– On n'est plus très loin, répliqua paisiblement Caius.

– La gamine nous ralentit…

Alix se raidit. Allait-il encore la menacer de son fouet ? Mais le chef proposa seulement :

– Prends-la donc en croupe.

– Hors de question ! s'écria Alix, révoltée par cette idée.

– Tais-toi ou je t'assomme, petite idiote ! avertit Caius. Fais-la monter, Cornélius.

– Cette sauvage va me frapper dans le dos ! s'esclaffa l'homme à la peau de loup.

– Alors prends-la devant toi. Mais ne va pas la bécoter !

– L'embrasser ? Elle me mordrait !

Toujours en rigolant, il la saisit par les aisselles et sans douceur, l'installa devant lui, sur le garrot de sa monture. Alix n'osait plus respirer. Les bras secs et musclés de l'homme l'entouraient, l'empêchant de sauter à terre. La proximité du meurtrier de son père lui était insupportable. Elle n'avait même plus le réconfort de la présence du fulgur noir. La frustration et la colère lui donnèrent le tournis.

Raide comme un piquet, elle se concentra sur le paysage entre les oreilles de sa monture. Les maisons se multipliaient aux alentours, grêlées de champignons et verdies par la mousse. D'abord éparpillées sur la lande, elles se regroupaient à présent par dizaines, par vingtaines, par cinquantaines. Dans la pénombre orageuse, les fenêtres illuminées égrenaient leur lumière sur toute la plaine.

Le tonnerre grommela au loin. Les fulgurs s'agitèrent et l'étalon noir tira un peu sur ses liens en hennissant. Un long hululement lui répondit.

– Qu'est-ce que c'est ? demanda Alix.

Elle n'avait jamais rien entendu de tel. La plainte stridente était reprise à différents endroits et semblait rouler sur des centaines de kilomètres à la ronde.

– C'est une bête ? insista-t-elle comme personne ne lui répondait.

– Mais non, sotte, se moqua Cornélius. Ce sont les cors de Rome. Ils annoncent l'orage pour que tout le monde ait le temps de se mettre à l'abri.

Alix serra la crinière du cheval entre ses doigts. Son geste n'échappa pas à l'homme à la peau de loup.

– Tu as peur de l'orage ? se gaussa-t-il. Moi qui te prenais pour une dure !

– Je n'ai pas peur, mentit-elle.

– Sais-tu où nous allons ? As-tu entendu parler de Rome dans ton fichu village ?

Il devait crier pour couvrir le vacarme des cors. Elle ne lui opposa que son mépris, mais il reprit avec orgueil :

– Rome, ma jolie, est la plus grande ville de l'univers. On l'appelle la cité arc-en-ciel.

– Vous êtes trop modeste !

– J'énonce des faits, point. Regarde par toi-même, on commence à distinguer les bâtiments.

Des blocs sombres se découpaient dans la clarté rougeâtre. Au-dessus d'eux, les nuages s'agglutinaient en une spirale de ténèbres, d'où jaillit tout à coup un fantastique éclair. Frappée par la foudre, Rome s'illumina de mille couleurs.

Alix avait décidé de mépriser cette fameuse ville,

aussi belle et grande soit-elle. Pourtant, elle ne put s'empêcher d'écarquiller les yeux. Jamais elle n'avait vu une chose pareille. Alors que son village se résumait à une poignée de maisons en pierre, frileusement serrées autour d'une avenue principale, les nombreux bâtiments de cette cité s'élevaient sur plusieurs étages.

– La bouseuse est bouche bée, commenta Cornélius, hilare.

Alix ne daigna pas répondre.

Les cors résonnaient toujours lorsqu'ils atteignirent les portes de la ville. Une vingtaine de personnes faisaient la queue devant le portail, des paysans pour la plupart. Dans les carrioles, ils avaient rassemblé à la hâte carottes, pommes de terre et navets. Alix s'attendait à ce que son groupe se mette dans la file, mais les premières gouttes de pluie tombèrent et Cornélius piqua des deux.

– Place ! cria-t-il. Dégagez ! Laissez passer les fulgurs !

Les gens s'écartèrent en maugréant. Pourtant, derrière les mines renfrognées, Alix crut déceler une pointe de plaisir et d'admiration. Tous les regards suivirent les chevaux d'orage.

Les cavaliers gagnèrent les portes en remontant la colonne de paysans. Alix cahotait sur le garrot de sa monture, le souffle haché par le petit trot. Elle se cramponnait toujours à la crinière. En passant sous l'arche, elle leva le nez. Sur le frontispice de pierre, une gravure érodée par les intempéries représentait une louve allaitant deux bébés. La jeune fille jeta un œil au blason cousu sur les vêtements des hommes. Il était aussi orné d'une louve.

– *Salve*, Caius[1] !

Les cinq gardes postés à l'entrée de Rome se pressèrent autour des chevaux. Quelques mains s'égarèrent sur les flancs des fulgurs. Les bêtes s'ébrouèrent nerveusement.

– Place ! ordonna Caius. Éloignez-vous ! Vous voulez vous prendre une décharge ou quoi ?

En dépit du ton cassant, les gardes s'écartèrent de bonne grâce.

– Ce n'est pas tous les jours qu'on voit de telles beautés, déclara même l'un d'entre eux.

– Tu parles de ma prise ? lança Cornélius en ébouriffant les cheveux d'Alix.

La jeune fille se contorsionna pour se soustraire à son contact.

– Vous feriez mieux de vous dépêcher, éluda le capitaine. L'orage va claquer d'une seconde à l'autre.

Ils passèrent enfin les portes. Personne n'avait dû les fermer depuis des lustres. La rouille les soudait aux pavés. Quelle était cette ville où l'on ne redoutait pas l'orage et où l'on domptait les fulgurs ? La jeune fille n'eut pas le loisir d'y réfléchir davantage, la monture de Cornélius franchit l'arche et Rome les avala.

---

1. « Bonjour, Caius » en latin.

Chapitre 5

Aussitôt, Alix se sentit oppressée. Dans les rues étroites de la ville, les gens se heurtaient, s'évitaient, se bousculaient, étaient harcelés par des mendiants en guenilles. Des enfants se poursuivaient en riant. Des marchands hurlaient à tue-tête. La troupe croisa des géants blonds vêtus de braies à carreaux, des femmes à la peau noire et aux yeux ambrés, les oreilles ornées de bijoux, des garçons enturbannés, et même un nain avec des tresses rouges. Dans ce flot mouvant et bruyant, la jeune fille se sentait minuscule. Malgré sa répugnance pour Cornélius, elle appréciait de se trouver en hauteur, perchée sur le garrot de son cheval.

Les gouttes de pluie se multiplièrent ; quelques passants s'abritèrent, mais la plupart continuaient de déambuler dans les rues.

– N'ont-ils pas peur de l'orage, à la fin ? demanda Alix, dépitée.

– Bien sûr que non, répondit Cornélius. Tu as vu ces

tiges de métal sur les toits ? Tu ne sais même pas ce que c'est, je parie !

Au même moment, un éclair s'abattit sur l'une de ces proéminences. Alix sursauta, mais l'électricité, captée par l'engin, parut se volatiliser.

– Ce n'est pas par chez toi qu'on inventerait de tels prodiges ! se moqua Cornélius quand le fracas de la foudre se fut éteint.

La jeune fille étudia son nouvel environnement, les yeux plissés. Des tuyaux en terre cuite veinaient les murs des maisons. L'eau de pluie s'y engouffrait en grondant avant d'être recrachée au niveau du sol. Sans se répandre, elle dévalait ensuite des rigoles le long des trottoirs. Malgré l'ingéniosité de ces systèmes, Alix nota que les odeurs s'intensifiaient, accentuées par l'averse. Rome était peut-être bien jolie vue de loin, mais son cœur puait les égouts, la sueur et la crasse.

Enfin, la venelle s'élargit et le groupe déboucha sur une vaste esplanade. Là encore, la place était bondée. Des marchands criaient pour attirer les clients. Hommes, femmes et soldats se frayaient un chemin entre les étals protégés par des bâches crépitantes de pluie. Le ventre d'Alix gargouilla tandis que les odeurs de poissons, d'oignons et d'huile chaude remplaçaient la puanteur de la ville, mais trop vite ils sortirent du marché.

La pluie redoublait de violence. Une dizaine de personnes, regroupées à l'abri d'un auvent, s'agitèrent à leur passage.

– Allez, les Rouges ! crièrent-ils. Vive les Rouges !

Caius esquissa un geste de la main. Ses compagnons sourirent d'un air affable. Le regard d'Alix s'attarda trop longtemps sur le petit groupe qui multipliait les saluts enthousiastes.

– Rouges ! Rouges ! scandaient-ils. *Russati*[1] !

– Tu te demandes pourquoi ils nous appellent comme ça ? s'enquit Cornélius.

Il expliqua sans attendre de réponse :

– Nous sommes les Rouges. C'est notre faction. Enfin, « écurie », si tu préfères. Il en existe sept : les Rouges, les Orange, les Jaunes, les Verts…

– … les Bleus, les Indigos et les Violets, oui, j'ai compris, coupa Alix. C'est comme les couleurs de l'arc-en-ciel.

– Et la suite, tu la connais également ? Nous sommes rivaux. Nos équipes s'affrontent lors des courses du Déluge. Tu es une Rouge toi aussi à présent.

– Vous voulez dire : des courses de chevaux d'orage ? demanda-t-elle, piquée de curiosité malgré elle.

– Pourquoi crois-tu qu'on ramène ceux-là ? Les courses de fulgurs ont lieu à chaque Déluge, lorsque la foudre pilonne Rome. Nous défions l'orage, en lui montrant qu'il n'est qu'un jeu pour nous et que nous domptons même ses créatures. Tiens, regarde par là. C'est le circus Maximus où se déroulent les courses du Déluge.

Alix ne put réprimer une bouffée de crainte respectueuse. L'édifice était si vaste, si grand… Ses hauts murs

1. « Rouges » en latin.

luisaient à chaque éclair. Il s'allongeait sur plusieurs centaines de mètres, bâti tout en longueur, avec un rez-de-chaussée percé de nombreuses arcades. Blottis sous les arches, des mendiants se tenaient accroupis, les épaules drapées dans des bâches. Une main brûlée ou une jambe calcinée par la foudre dépassaient parfois de la toile cirée.

– L'orage n'est plus un jeu pour ceux-là, ne put s'empêcher de remarquer Alix.

– Tu ne crois pas si bien dire, s'amusa Cornélius. Ce sont d'anciens champions, tu sais ? Tombés de leurs rêves de gloire… Leurs fulgurs les ont rôtis jusqu'à la moelle et les voilà juste bons à faire la manche ! *Alea jacta est*[1].

Il cracha par terre.

Au même moment, un colosse sortit de l'hippodrome pour venir vers eux. L'averse couchait sa tignasse broussailleuse et accrochait dans sa barbe des perles de pluie brillantes. Le regard dont il enveloppait les chevaux d'orage luisait d'avidité.

– En voilà, des tueurs ! lança-t-il. Magnifiques. Ils sont pour Marcus ?

– Tu verras, répondit Caius. Tu t'imagines pas que je vais dévoiler tous mes petits secrets ?

Un sourire plissa la barbe de l'homme.

– Pas besoin, rétorqua-t-il avec nonchalance. Je le devine bien !

1. « Le sort en est jeté » en latin.

Alix attendit que son groupe l'ait distancée pour demander à voix basse :

– Qui était-ce ?

– Un homme très important dans le monde des courses, répondit Cornélius

– Un cavalier ?

– Non. Un organisateur de paris.

Après avoir parcouru les lacets tortueux de la ville, ils arrivèrent sur les berges d'un canal. L'eau verte bouillait, criblée par l'averse. La petite troupe longea de vastes entrepôts en brique. Malgré l'ambiance sinistre du lieu, le calme apaisait Alix. Elle respirait mieux.

– Fin de la promenade ! s'exclama Cornélius. Tout le monde descend !

Il poussa la jeune fille à terre. Elle se réceptionna maladroitement. Ses jambes soutenaient à peine son poids. Elle claudiqua vers le fulgur noir et mêla ses doigts à sa crinière.

Pendant ce temps, Caius s'était dirigé vers un mur aveugle, percé d'une simple porte rouge. Avec un heurtoir en forme de tête de cheval, il frappa trois coups. Un animal poussa un glapissement en réponse, entre l'aboiement et le cri. Alix compta dix secondes avant qu'un judas coulisse dans le battant et qu'un œil gris se promène sur la troupe. D'abord suspicieuse, la prunelle s'éclaira.

– Maître ! s'exclama l'homme derrière la porte. Que Jupiter, Junon et Minerve soient loués !

Il ouvrit et leva le bras dans un salut solennel :

– *Salve domine*[1] ! Bon retour !

Pas plus que les gardes, il ne parut remarquer Alix. Il dévorait les fulgurs du regard.

– Merci Urbanus, lui répondit distraitement Caius.

Ils entrèrent, tirant à leur suite les chevaux prisonniers. Alix passa sous une arche en briques ornée de statues équestres, et quand elle ressortit à l'air libre, sous la pluie, elle fut prise d'un léger vertige. Le simple mur de l'extérieur ne laissait pas deviner l'étendue gigantesque de la propriété de Caius. Immense, la faction des Rouges regorgeait de monde. De jeunes gens couraient dans tous les sens. Dans une carrière, un garçon faisait trotter un fulgur, sa longe accrochée à un collier de Faraday. Sur une piste, deux chevaux d'orage rivalisaient de vitesse. Les hennissements se mêlaient aux cris des hommes. À côté d'Alix, le cheval noir s'agita.

– Chut… dit-elle machinalement. Ça va aller.

Mais elle était encore plus affolée que lui.

– Lâchez les femelles dans le corral, ordonna Caius. On commencera le débourrage plus tard. Cornelius, prends ton argent et va-t'en. Je ne veux plus te voir ici.

– Mais pourquoi ? s'indigna ce dernier. Je suis le meilleur chasseur de fulgurs qui soit.

– Et également un impulsif dénué de cervelle. Hors de ma vue.

1. « Bonjour, Maître » en latin.

L'homme à la peau de loup pâlit, jeta un regard haineux à Alix, puis obtempéra, serrant contre sa poitrine une bourse replète. La jeune fille éprouva un mélange de déception et de soulagement à le voir quitter l'écurie.

Chapitre 6

La troupe se dirigea vers la piste d'entraînement. Assis sur la barrière, plusieurs garçons regardaient les chevaux galoper.

– Marcus ! appela le chef.

Les jeunes gens se retournèrent, mais l'un d'eux sauta à terre pour rejoindre Caius et les siens. Sa démarche était curieusement fluide, et Alix remarqua avec étonnement qu'il marchait pieds nus. Grand et mince, il semblait un peu plus âgé qu'elle. Des mèches de cheveux châtains retombaient sur son front, ses yeux bruns pétillaient. Sa tunique rouge, ornée de la louve de Rome, était débraillée. Il dégageait une énergie communicative.

– Caius ! s'exclama-t-il avec chaleur. Que les dieux soient loués, tu vas bien. Je ferai une offrande à Jupiter demain pour lui rendre grâce.

Son sourire s'élargit alors qu'il détaillait le cheval.

– C'est mon futur champion ?

– Qu'en dis-tu ? Il était le meneur de sa horde.

– Il est superbe ! Merci !

Il serra Caius dans ses bras, puis se tourna vers Alix :

– Je m'appelle Marcus. Et toi ?

C'était bien le premier à s'intéresser à elle. Mieux, à lui demander son nom. Elle mit un temps de trop à répondre et Caius la doubla :

– C'est Claudia, annonça-t-il. Je l'ai sauvée d'un orage électrique.

Alix manqua s'étouffer. Présenté sous ce jour, Caius avait l'air d'un héros. Elle voulut protester, lui jeter au visage le meurtre dont il était indirectement responsable, mais Marcus la serra contre son torse ferme ; la joue de la jeune fille heurta la poitrine du garçon ; il lui entoura les épaules.

– Bienvenue, Claudia ! dit-il.

Elle se raidit, mais il l'avait déjà lâchée. Heureusement pour lui, car le fulgur, surpris par son mouvement brusque, lança la tête en avant. Ses dents claquèrent dans le vide. Alix crut que Marcus allait se fâcher. À l'inverse, il éclata de rire :

– Cet animal a son petit caractère !

– Je pensais l'appeler Ira[1], intervint Caius.

– Pourquoi pas ? C'est bien trouvé. Que lui est-il arrivé ? demanda-t-il, tout à coup sérieux.

– Tu sais comment est Cornélius…

– C'est un sale type ? émit Marcus, à la grande surprise d'Alix.

---

1. « Colère » en latin

– Ne sois pas impertinent. Bref, la gamine s'est interposée entre son fouet et le cheval.

Marcus la jaugea.

– Merci pour lui, dit-il. Une pareille merveille ne devrait pas subir cela.

Il fit mine de toucher l'épaule de l'étalon, mais celui-ci coucha les oreilles et le jeune homme retira sa main en riant.

– On se voit tout à l'heure ! conclut-il.

Et il repartit se percher sur la barrière pour regarder les fulgurs. Alix fronça les sourcils. Ce garçon avait-il vraiment toute sa tête ?

– Va travailler ! lui cria Caius.

– Plus tard ! rétorqua Marcus sans même daigner se retourner.

Le propriétaire des Rouges soupira.

– Viens, ordonna-t-il à Alix.

La jeune fille lui emboîta le pas, un peu dépassée par la tournure des événements. Elle l'avait pris pour le maître de la faction et voilà qu'un jeune de son âge défiait ouvertement son autorité…

Ils conduisirent le cheval d'orage dans une vaste bâtisse en briques. Dès le seuil, Alix fut frappée par les odeurs d'écurie : crottin, cuir mouillé et foin tiède parfumaient l'air humide. Des lucarnes poussiéreuses dispensaient une lumière trouble dans l'allée centrale. Sur les côtés, de hautes colonnes sculptées soutenaient une voûte en forme d'ogive. Des fresques aux proportions gigantesques décoraient les murs. Le temps avait terni les couleurs et cloqué la peinture, mais Alix distinguait encore ça et là les fulgurs représentés par l'artiste. Dans cet espace à la fois immense et confiné, le bruit des chevaux résonnait en échos : cliquetis de mors, de fers, bourdonnement de colliers de Faraday, crissement de la paille sous les sabots. Une trentaine de fulgurs étaient alignés dans les stalles. Noires, crème, grises, bleu clair et bleu foncé, leurs robes présentaient toutes les teintes des nuages. Alix ne put retenir son émotion.

– Ils sont beaux ! murmura-t-elle en admirant les bêtes.

Si Caius fut flatté, il n'en laissa rien paraître. Sans lui répondre, il héla quelqu'un :

– Flaccus !

Un homme petit et râblé arriva presque immédiatement, marchant sur des jambes torses à l'arqûre typique des cavaliers. Il entra dans la lumière et Alix ne put contenir un mouvement de recul : le nouveau venu était gravement brûlé. Dans les plis atroces de sa peau carbonisée, ses yeux luisaient férocement. La foudre l'avait frappé en pleine tête. Comment pouvait-il être encore en vie ? Il examina le cheval, puis Alix avec la même attention. Comme il ne desserrait pas les lèvres, Caius fit les présentations :

– Voilà mon entraîneur, Flaccus Cornelius Agricola. Tu exécuteras ses ordres, c'est compris ? Flaccus, Claudia est ma nouvelle esclave. Elle va s'occuper de ce fulgur. Elle a un bon contact avec lui.

– Comment est-ce possible ? maugréa l'entraîneur. Une gamine comme ça avec un cheval d'orage ?

Caius haussa les épaules.

– Quelle importance tant que le résultat est là ? Mets la bête à l'isolement dans une cage de Faraday et montre le métier à la gamine.

Sur ce, il tourna les talons et disparut.

Resté seul avec Alix, Flaccus la toisa des pieds à la tête.

– Alors, comme ça, tu crois t'y connaître en chevaux ? lança-t-il.

L'agressivité de l'entraîneur heurta la jeune fille comme un coup de poing. Elle ne répondit pas, mais soutint son regard. Il frémit de rage.

– Tu te prends pour une dure, hein ? Baisse les yeux devant moi !

Alix se contracta et le fulgur souffla bruyamment dans son dos. Elle fixa la pomme d'Adam de l'homme. Après tout, ce spectacle était plus agréable que la vue de sa trogne brûlée.

– Tu as eu de la chance, petite, d'avoir été récupérée par Caius, poursuivit l'entraîneur. Il est trop gentil avec les esclaves. Mais ici, chez les Rouges, il va falloir travailler dur. C'est quoi, ces marques sur ton visage ? Tu as discuté un ordre ? Tu as bavardé comme une pie ?

Il leva les yeux au ciel.

– C'est pour ça que je ne veux pas de fille dans les écuries ! Heureusement, j'imagine que tu sais coudre et faire le ménage. Tu pourras repriser les tapis de selle et nettoyer l'écurie.

Alix ne bougea pas.

– Viens là. Écarte-toi du cheval. Dépêche-toi ! cria-t-il.

Elle s'avança et il la gifla à toute volée, si fort qu'elle tomba par terre. Sa lèvre se fendit. Un goût de sang lui emplit la bouche. La douleur de sa bosse à la tempe se réveilla instantanément et propagea des ondes de souffrance dans toute sa tête. Les oreilles bourdonnantes, c'est à peine si elle entendit le fulgur hennir.

– Petite prétentieuse ! vociféra Flaccus. Tu n'es rien ici. Des tas d'esclaves tueraient pour être à ta place et travailler dans les écuries des Rouges. Tu ne réalises pas la chance que tu as ?

Chance ? La chance d'avoir perdu son père ? La chance d'avoir été arrachée à son village et réduite en esclavage ? Ses yeux s'emplirent de larmes.

– Ne pleure pas ! hurla-t-il. Qu'est-ce que je disais ! Caius m'impose une pleurnicheuse ! Arrête de pleurer ! Si tu continues, je te cogne, tu as compris ?

Cette fois, elle opina du chef. Elle aurait tant voulu que le fulgur foudroie cet homme. Elle l'imagina réduit en cendres par une décharge brûlante, et un rictus haineux frémit sur ses lèvres.

– Allez, lève-toi donc et installe ton cheval dans sa cage ! grogna Flaccus.

Alix refoula les larmes qui lui piquaient les yeux et fit mine de conduire l'étalon jusqu'au box que l'entraîneur lui avait désigné. C'était une vaste boîte de métal. La porte épaisse était munie d'un verrou gigantesque. À la vue de la cage, le cheval recommença à s'agiter. La jeune fille le força par réflexe, bêtement ; il lui arracha presque le bras en rejetant la tête en arrière.

– Doucement, je suis là, avec toi, et je ne te veux pas de mal. On n'a pas trop le choix, tu comprends. Viens avec moi…

Sa voix parut apaiser l'animal qui se remit à marcher à sa suite. Alix entra dans le box avec lui. Sans crainte, elle s'accroupit pour défaire les nœuds qui entravaient les jambes du cheval.

– Qu'est-ce que tu fais ? intervint Flaccus.

– Vous le mettez en cage. Je lui enlève ça.

– T'en ai-je donné l'ordre ?

Elle se contenta de le fixer d'un air maussade. Bien sûr, il n'y avait pas de bonne réponse à sa question. Quoi qu'elle dise, elle aurait tort.

– Petite incapable, soupira l'entraîneur. Tu n'y connais vraiment rien en fulgurs. Comme toutes les filles, tu crois que tu vas faire ami-ami avec ce cheval, que tu vas pouvoir tresser sa crinière et le brosser pendant des heures ? C'est un monstre, asséna-t-il. Seul le collier l'empêche de nous pulvériser tous les deux. Pourquoi crois-tu qu'il te suive bien gentiment ? Tu dois l'attacher.

– Il est attaché, répliqua Alix.

– Aux anneaux, idiote !

La jeune fille considéra les deux barres de métal

fixées aux parois. La cage de Faraday intensifierait les effets du collier. Dans cette boîte épouvantable, le cheval serait vidé de son énergie. Pourquoi acceptait-elle de le pousser dans cet enfer ? Elle n'avait apaisé sa révolte que pour mieux le trahir. Les Romains eux-mêmes n'avaient pas fait preuve d'une telle fourberie… Au bord des larmes, elle avança le bras pour caresser l'étalon, mais il se détendit et heurta sa main. La gorge nouée, Alix fixa Flaccus d'un air dur.

– Non, gronda-t-elle. Je ne le ferai pas.

– Comment oses-tu ?

L'entraîneur la saisit par l'oreille et la lui tordit cruellement jusqu'à ce qu'elle crie de douleur.

– Tu n'as rien à faire dans mon écurie ! vociféra-t-il. Dehors !

Il lui donna un coup de pied dans les reins pour la chasser et prit sa place dans le box. Ira se cabra en hennissant, mais gêné par la promiscuité des murs, garrotté par les liens, il retomba vite sur ses quatre jambes. En quelques gestes habiles, Flaccus relia son encolure aux poutres, à droite et à gauche, et raccourcit les cordes.

– Pourquoi faites-vous ça ? s'écria Alix, hors d'elle. Il est épuisé !

– C'est moi qui décide ! Garde en tête que mon métier c'est de dresser des chevaux, mais je peux aussi dresser des gamines ! Occupe-toi donc de remplir les abreuvoirs au lieu de jacasser. Au moins, tu seras utile…

Alix se fit violence pour ne pas répondre, et ramassant un seau, elle s'y cramponna comme à un bouclier.

Ses doigts blanchissaient sur l'anse tant elle la serrait fort. Les cheveux dans les yeux, elle attendit, frissonnante. Flaccus soupira. Un soupir las, sonore, qui disait bien combien elle était mauvaise et lui, patient avec elle. Enfin, il s'éloigna de sa démarche pesante, confiant en sa force et en son bon droit.

Une montée de colère, terrible, chauffa les joues d'Alix. Ses yeux se remirent à picoter ; elle serra les paupières. Au moins sur ce point, Flaccus avait raison : verser des larmes ne lui serait d'aucun secours. Elle était esclave désormais, il fallait qu'elle s'y fasse… Sa vie, c'était Rome, l'écurie, le travail en silence, la faim, les coups et les moqueries. Tout ça, tous les jours jusqu'à sa mort.

Non, jamais ! rétorqua une voix en elle. *Je vais m'échapper d'ici, je le jure ! Ce soir, je m'en vais. Je me fiche qu'ils me tuent ! Je m'en fiche, je préfère mourir !*

Et j'emmène le fulgur avec moi, ajouta-t-elle en regardant la boîte de métal où l'étalon était désormais prisonnier.

Chapitre 7

À la fin de la journée, Alix était rompue. Elle avait porté tant de seaux et de bottes de foin que des courbatures endolorissaient ses bras. Ses mains étaient couvertes de cloques à force de manier la fourche. Mais en travaillant, elle avait pu observer le fonctionnement de l'écurie. Plusieurs fois, elle avait fait semblant de s'égarer pour se rapprocher du mur d'enceinte. Le peu d'espoir dont elle se berçait avait été impitoyablement déçu : il était beaucoup trop haut pour être escaladé. Elle s'était donc rabattue sur le portail principal, verrouillé par une grosse barre de fer. En pesant dessus de tout son poids, elle estimait pouvoir la faire coulisser… à condition de déjouer la vigilance du gardien.

Peut-être quitte-t-il son poste pour la nuit, songea-t-elle.

C'était sa seule chance.

Après l'orage, le soleil perçait les nuages. Un arc-en-ciel dessinait sa courbe au-dessus de l'écurie. Les flaques miroitaient et les odeurs de chevaux s'intensifiaient, décuplées par la pluie. Alix retourna dans le bâtiment pour ranger sa fourche et son seau. Quand elle passa devant la cage de Faraday, son cœur se serra. Le fulgur était enfermé dans cette boîte depuis des heures, entravé par des liens qui drainaient ses forces. La cruauté de son sort lui donnait la nausée. Elle se sentait si coupable…

– Je suis désolée, murmura-t-elle en s'appuyant sur la porte close. Je sais ce que tu ressens. Je vais t'aider. Je vais nous sortir de là. On le fera ensemble. Toi et moi, cette nuit, on s'échappera de cette horrible prison. Sois juste un peu patient, je vais revenir te chercher.

Un coup terrible résonna contre le battant, si fort que les parois métalliques vibrèrent. Alix recula, livide. Le fulgur avait rué à l'endroit où elle appuyait son visage. Un chevrotement aigu se fit entendre. Le cheval hurlait sa rage.

– Il n'apprécie pas d'être enfermé.

Alix se retourna vers la voix. Debout sur le seuil de l'écurie, Marcus souriait. Le garçon s'était changé. Il portait une tenue de cavalier adaptée à l'orage : tunique rouge à manches longues et lourd manteau de cuir, frappé de la louve de Rome. Il avait chaussé des bottes et, sous son bras, un casque était négligemment coincé.

Avant que la jeune fille ait pu dire quoi que ce soit, il la rejoignit et lui montra un judas par lequel on pouvait observer le prisonnier. Tous les deux se relayèrent devant la minuscule ouverture. Marcus resta longtemps l'œil collé au trou.

– Il est magnifique, finit-il par murmurer.

Alix acquiesça distraitement.

– J'ai rarement vu un fulgur aussi grand.

– Moi si, répondit-elle.

Elle pensait au cheval de ses quatre ans.

– Plus grand encore peut-être, ajouta-t-elle rêveusement.

– Comment t'appelles-tu ?

– Tu as déjà oublié ? Claudia.

– Non, je veux dire : ton vrai nom, insista-t-il.

– Comment sais-tu que Claudia n'est pas mon vrai nom ?

– Caius fait toujours cela. Les gens de cette ville font tous cela également. Donner des noms romains à leurs esclaves. Alors, toi, comment t'appelles-tu ?

– Alix.

– Je peux t'appeler ainsi.

– Si tu veux, répliqua-t-elle sèchement, en se demandant s'il essayait d'endormir sa méfiance avec ses belles paroles.

Son ton fit sourciller Marcus, mais il ne releva pas et continua d'observer le fulgur.

– Ses plaies sont nombreuses, remarqua-t-il d'un air soucieux. Cornélius est complètement fou.

Ils restèrent un moment silencieux, plongés dans leurs pensées, puis Marcus enchaîna tout à coup :

– Veux-tu que je te fasse visiter le domaine ?

Alix se raidit. Bien sûr, elle n'avait aucune envie de se lier avec un Romain, cependant, son plan d'évasion nécessitait de connaître tous les secrets de l'endroit où elle se trouvait. À contrecœur, elle acquiesça.

Visiblement ravi, Marcus lui montra le manège, la carrière, la piste d'entraînement, l'atelier, l'infirmerie. Là où devaient courir les chevaux, le sol était couvert de métal. La surface bosselée par les coups de sabots brillait dans les rayons du soleil. L'arc-en-ciel se réfléchissait sur la piste et se déformait en irisations chatoyantes au hasard des creux et des rondeurs.

– Ne t'avise pas de marcher là-dessus sans protection, l'avertit Marcus. Quand les chevaux vont sur la piste, ils la chargent en électricité. Tu pourrais prendre un coup de jus. Et si tu t'y aventures lorsqu'ils galopent, c'est la mort assurée.

– C'est pour ça que tu te baladais pieds nus tout à l'heure ? ironisa la jeune fille.

– À l'entraînement, je mets ces bottes…

Il lui montra ses semelles, renforcées par une couche isolante.

– Flaccus te donnera des sabots pour que tu puisses aller sur la piste.

– Je crois qu'il préférerait me voir griller, soupira Alix.

Ils se dirigèrent vers un grand bâtiment en briques. Du lierre grimpait le long de la façade rouge, perlé de gouttes de pluie.

– Voici les dortoirs des cavaliers, des médecins et des vétérinaires, reprit Marcus. C'est ici que je vis. Toi, tu devras dormir avec les palefreniers. C'est un peu moins confortable.

– Nous dormons tous ensemble ?

– Oui, personne n'a sa chambre personnelle ici… Sauf Caius, Flaccus, et moi, ajouta-t-il avec un clin d'œil.

– Pourquoi toi justement ?

– Parce que je suis le meilleur cavalier de la faction !

– Je vois. Tout le monde est toujours très modeste dans cette ville !

Elle espéra que sa tentative d'humour avait masqué l'horreur que lui inspirait l'idée de passer la nuit dans un dortoir. Ses plans d'évasion se compliquaient… Sans s'en rendre compte, elle se voûta, croisa les bras et étreignit ses coudes. Marcus se méprit sur son expression.

– Ne t'inquiète pas, la rassura-t-il. Les autres te laisseront tranquille.

– Qu'en sais-tu ?

– Parce que je le leur dirai ! Maintenant, je vais te montrer l'endroit le plus important de la faction : les cuisines !

Il la conduisit dans une vaste salle qui sentait l'oignon, la graisse et le cheval. Une femme leur tournait le dos. Penchée sur les cendres rougeoyantes de l'âtre, elle touillait une soupe dans une immense marmite. C'était la première femme qu'Alix voyait dans la faction.

– Voici Claudia, annonça Marcus. Claudia, je te présente Niobé, notre chef cuisinière !

– Une fille, voilà qui est rare ! s'exclama la femme

en s'essuyant les mains sur son tablier. Tu viens m'aider aux cuisines ?

– Pas du tout ! répliqua vertement Alix. On m'a confié un fulgur.

– Mademoiselle se croit trop bien pour les corvées de légumes ? s'indigna la cuisinière. Je vais en parler au maître, tu vas voir !

– Hé doucement les tigresses ! intervint Marcus. Si vous voulez vous battre, permettez au moins que je mange en vous regardant.

– C'est ça, maugréa la femme. Prenez ce que vous voulez et fichez-moi le camp !

Sans aucune gêne, le champion choisit de gros morceaux de poulet, des pommes de terre, du pain et même d'énormes tranches d'un fruit rouge qu'Alix ne connaissait pas.

– Tu en prends trop ! N'est-ce pas pour le maître ? chuchota-t-elle, impressionnée par son audace.

– Et alors ? rétorqua-t-il en haussant les épaules. Moi aussi j'ai faim.

Ils traversèrent la salle à manger, bondée et bruyante. D'immenses tables à tréteaux s'étiraient le long des murs. Des dizaines d'hommes se pressaient sur les bancs. Ils s'interpellaient d'un bout à l'autre des travées, et parlaient fort pour couvrir les cliquetis de couverts et les raclements de bottes. Alors qu'Alix se faufilait dans les allées, plusieurs garçons l'étudièrent avec grossièreté. Elle sentait leurs regards gluants s'attarder sur ses fesses et sur sa poitrine. La nuque raide, elle accéléra quand soudain, son tibia heurta un obstacle. Elle tomba à quatre pattes avec un couinement de surprise.

– Regarde un peu où tu marches, la nouvelle ! lui lança un palefrenier, la jambe encore tendue dans le passage.

Les joues empourprées de honte et de colère, Alix se releva. Ses paumes saignaient. Elle brossa la poussière sur ses vêtements pour se donner une contenance, mais un garçon qui passait en sens inverse la percuta de l'épaule. Elle valsa en arrière, trébucha et se retrouva assise sur les genoux du palefrenier. Un rire énorme secoua la salle. Tout le monde la dévisageait. Le garçon l'enserra de ses deux bras. Rouge de rage, Alix se débattit pour se libérer, mais l'autre la tenait fermement.

– Tu veux déjà partir ? rigola-t-il. Tu étais pourtant bien pressée de t'asseoir sur mes genoux !

La salle se tordait de rire. Plusieurs garçons s'étaient levés pour ne rien rater du spectacle.

– Ça suffit ! ordonna Marcus en revenant sur ses pas. Laisse-la tranquille !

Le palefrenier haussa les épaules et repoussa la jeune fille, qui bondit sur ses pieds.

– Comme tu veux, concéda-t-il d'un ton boudeur, mais c'est elle qui a commencé…

Et avant qu'elle ait pu s'éloigner, il laissa sa main traîner sur les fesses d'Alix, qui tressaillit violemment à ce contact. Les doigts lui glissèrent sur la cuisse, touchant sa peau à travers les déchirures de ses haillons. Les yeux de la jeune fille s'emplirent de larmes. Elle ne put réprimer un sanglot tandis qu'elle détalait vers les portes. Le contact répugnant du palefrenier persistait sur son corps en une empreinte brûlante. Jamais elle ne s'était sentie aussi humiliée !

L'air froid de la nuit la cingla. Elle s'effondra sur un banc, dans la cour. La nuit était tombée. Des lanternes chahutées par le vent se balançaient au-dessus de sa tête, dessinant des cercles de lumière dans le noir. Marcus la rejoignit et s'assit à côté d'elle, l'air gêné.

– Désolé pour ça, dit-il. Ils sont idiots.

Elle ne répondit pas.

Il poussa la nourriture vers elle. Alix aurait voulu refuser. Elle ne voulait rien lui devoir, mais la faim, terrible, lui nouait l'estomac. Malgré le goût de bile qui inondait sa bouche, elle se servit une cuisse de poulet et mordit dedans avec férocité. Ils mangèrent en silence. Marcus l'observait à la dérobée.

– Tu as de l'appétit pour une fille, dit-il finalement.

Elle le foudroya du regard.

– Je meurs de faim, figure-toi !

– Excuse-moi, ma réflexion était idiote. Que s'est-il passé ? Comment t'es-tu retrouvée avec Caius ?

– Ton chef s'est vanté de m'avoir sauvée d'un orage, mais c'est faux. Il…

Elle hésita, sur le point de parler de son père, mais les mots s'étranglèrent dans sa gorge. Son passé n'appartenait qu'à elle. Elle décida qu'elle le protégerait comme un trésor tant qu'elle serait prisonnière de cette ville maudite. Personne ne saurait jamais rien d'elle, même pas ce garçon qui feignait de s'intéresser à son sort.

De toute façon, demain, je serai loin, songea-t-elle, déterminée.

Elle reprit avec assurance :

– Je me suis interposée entre ce fou de Cornélius et le fulgur noir. Je ne supporte pas qu'on fasse du mal aux animaux. Les autres pensent que c'est de la sensiblerie. Pour eux, seule la force compte. Ils brutalisent les chevaux pour les faire obéir.

– Et toi, quelle est ta méthode ?

– Je n'en ai pas. Je les aime. C'est tout.

– Maintenant, je te connais mieux, dit Marcus en clignant de l'œil.

Alix le fixa avec perplexité. Sa familiarité l'agaçait et la déconcertait à la fois. Elle tripota son os de poulet pour se donner une contenance. Marcus s'étira à côté d'elle, avant de se lever.

– Il se fait tard, déclara-t-il. Viens, je t'accompagne jusqu'à ton lit.

– Mais non ! Ça va, assura-t-elle d'un air faussement dégagé. Je saurais trouver ma route seule. Inutile de m'accompagner.

– J'insiste. Ça ne me dérange pas du tout.

– Je te garantis que…

– Je sais de quoi tu as peur.

Elle se raidit, le cœur battant. Avait-il deviné qu'elle chercherait à fuir cette nuit ?

– Les palefreniers ne t'embêteront plus, poursuivit Marcus. Je vais leur parler.

Alix relâcha sa respiration. Au moins, il n'avait pas percé son secret. Légèrement voûtée, elle se laissa raccompagner jusqu'au dortoir. Le bâtiment ressemblait à un monstre prêt à l'avaler. Malgré la fraîcheur nocturne, le front de la jeune fille se couvrit de sueur.

Pourvu qu'ils dorment tous, pria-t-elle en son for intérieur.

Mais lorsqu'elle franchit la porte, des dizaines d'yeux se tournèrent vers elle. Les hommes étaient assis ou allongés sur des paillasses moisies par l'humidité. Des champignons grêlaient les murs. De l'eau suintait entre les briques et le bruit des gouttes résonnait dans les flaques. En guise d'éclairage, quelques lampes à huile vacillaient dans l'obscurité. Alix remarqua qu'elle était la seule fille du groupe, mais pas la plus jeune : de petits garçons dormaient déjà.

– On apprend le métier très tôt, ici, expliqua Marcus. Tout le monde rêve de devenir cavalier.

– Pourquoi donc ?

– Pour l'argent, la gloire, et accessoirement pour les filles.

Elle garda un silence prudent et pendant un court instant, ils se dévisagèrent. Il semblait attendre quelque chose, peut-être un remerciement. L'idée déplut à Alix et elle lui opposa sa mine la plus farouche. Marcus parut s'en amuser, car il sourit.

– Passe une bonne nuit, Claudia, dit-il d'une voix

suffisamment forte pour être entendu de tous. Si de mauvais rêves te tourmentent, n'hésite pas à venir me voir.

Dans un froissement d'étoffe, les gens se tournèrent vers les murs pour faire semblant de dormir. Alix cligna des yeux. Son nouveau compagnon venait-il de menacer subtilement les occupants du dortoir ? Avaient-ils vraiment peur de lui ?

Elle tressaillit lorsque Marcus la serra contre lui en une brève accolade.

– On se voit demain ! lança-t-il joyeusement.

La flambée de colère d'Alix retomba, la laissant songeuse. N'était-elle pas injuste avec lui ? Au fond, il ne savait rien d'elle. Elle ne pouvait pas lui reprocher de vouloir se montrer sympathique.

La jeune fille s'écroula sur une paillasse miteuse. Elle prévoyait de dormir un peu en attendant les heures les plus sombres de la nuit. Pourtant, malgré l'épuisement, elle resta en éveil. Elle se tournait, se retournait sans cesse. Le souvenir de son père, cloué par le javelot, la hantait.

Autour d'elle, les hommes ronflaient, toussaient, discutaient. Des moustiques vrombissaient à ses oreilles. Le pas rapide des cafards cliquetait sur les dalles. L'un d'eux, énorme, rampa sur sa poitrine ; elle poussa un petit cri de dégoût.

– Silence, la nouvelle ! gronda quelqu'un dans la pénombre.

– Elle a peur des insectes.

– C'est normal, c'est une fille.

Leurs rires lui donnèrent des envies de meurtre. Elle ferma les paupières, s'efforça de se détendre et pendant une éternité, elle attendit.

Quand le bruit doux et régulier des respirations s'installa, elle se redressa sur un coude. Tout le monde dormait. Les battements de son cœur s'accélérèrent. Le souffle court, elle se leva en silence.

– Ne sors pas, idiote. C'est interdit.

Alix sursauta. Un petit garçon la regardait, ses grands yeux brillant dans la pénombre.

– Merci pour le conseil, dit-elle sèchement, tu es bien aimable.

Le gamin haussa les épaules et se recoucha. Alix se faufila jusqu'à la porte. Aussitôt, elle se sentit mieux. Le parfum de la terre mouillée la rasséréna. Un vent frais balayait la cour et faisait bruisser le feuillage des arbres. Des grenouilles coassaient au bord des flaques. Quelqu'un avait éteint les lanternes, et la nuit obscurcissait tout. C'est à peine si elle distinguait les gros blocs sombres des bâtiments, noirs sur noir.

Elle regarda à gauche, à droite, puis se rua vers l'écurie. Ses foulées légères ne faisaient aucun bruit sur les pavés. Elle longea un mur, penchée en deux. Au moment où un homme sortait d'un bâtiment, elle s'accroupit près d'un buisson et resta cachée plusieurs minutes. Il passa sans la voir, l'air pressé. Quand elle fut certaine qu'il avait bien disparu, elle se redressa et s'élança vers son objectif.

Elle avait à peine parcouru la moitié du chemin lorsqu'elle se figea. Tenant dans une main une lanterne, et dans l'autre la laisse d'un énorme chien, le gardien de la faction marchait droit dans sa direction.

Chapitre 8

Si le gardien la découvrait dehors, seule, il comprendrait qu'elle tentait de s'enfuir. En un éclair, Alix imagina ce qui allait lui arriver : ils allaient la fouetter… Ou pire : la tuer.

La peur lui scia les jambes. Pourtant, elle devait réagir. Le gardien ne l'avait pas encore vue. Il lui restait une chance. Elle inspira à fond, et sans faire de bruit, en équilibre sur la pointe des pieds, elle tourna sur elle-même. Où pouvait-elle se cacher ? L'entrepôt où étaient stockées les bottes de foin lui parut le plus proche. Elle y courut, pliée en deux, et s'accroupit devant la porte. D'un mouvement lent, précautionneux, elle poussa le battant. Il ne bougea pas.

– Oh non, …

Elle poussa un peu plus fort. Le cliquetis d'une chaîne tinta contre le bois. De frustration, Alix se mordit la lèvre jusqu'au sang. Elle s'astreignit à inspirer profondément, à souffler posément, mais en elle-même, une petite voix l'accablait :

Qu'est-ce qui t'as pris, espèce d'idiote ? Tu n'aurais jamais dû quitter le dortoir ! Jamais ! Tu n'as rien d'un fulgur ! Tu n'es pas une battante ! Tu n'es rien d'autre qu'une gamine et tu n'as même plus de famille !

Étourdie par l'angoisse, elle se recroquevilla en gémissant. Elle savait juste qu'elle devait retourner au dortoir *tout de suite*. Cette pièce humide et puante lui paraissait le plus bel endroit du monde à présent. D'un coup d'œil, elle évalua la distance qui l'en séparait. Si elle courait suffisamment vite, le gardien ne l'attraperait pas. Et une fois à l'intérieur, elle s'allongerait parmi les hommes. Il ne pourrait pas savoir qui avait bravé l'interdit.

Sauf que tout le monde la dénoncerait ! À commencer par l'enfant qui l'avait vue sortir…

Le garde se rapprochait. Alix distinguait maintenant jusqu'à la louve brodée sur sa tunique rouge. Une épée flanquait sa hanche. Pour l'instant, le chien marchait tranquillement à sa hauteur, mais dès qu'il la flairerait, la jeune fille serait perdue. Elle devait bouger.

Preste et silencieuse, elle longea le mur et se blottit contre des caisses empilées à l'arrière de l'entrepôt. L'humidité qui empoissait leurs planches trempa sa tunique. Elle se mit à grelotter, de peur et de froid, les bras enserrant ses genoux crasseux. Le chien tourna la tête dans sa direction, mais ses yeux passèrent sur elle sans la voir. L'homme s'arrêta, parut hésiter sur le chemin à prendre.

Va-t'en, pria Alix. *Je t'en prie, va-t'en !*

Le chien fit mine de tirer vers le manège ; hélas, d'un petit coup sur la laisse, le garde le ramena contre sa jambe et se dirigea vers l'entrepôt.

La jeune fille se mordit la lèvre pour ne pas gémir. Elle ferma les paupières, mais ne pas voir était pire, aussi les rouvrit-elle au bout de quelques instants. Le garde était tout proche. La lumière vacillante de sa lampe lui rougissait la face et accentuait les angles de son visage, exagérant la rondeur de ses pommettes, la fossette au menton et la cavité sombre de ses yeux. Alix poussa sur ses talons, comme si elle pouvait rentrer dans les caisses. Sans s'en rendre compte, elle suspendit sa respiration.

Continue de marcher, ordonna-t-elle mentalement à l'homme. *Ne t'arrête pas.*

Ébloui par la lanterne, il passa près d'elle sans la voir. Trois battements de cœur plus tard, il l'avait dépassée. Le bruit de ses pas et le cliquètement des griffes du chien s'éloignèrent. La jeune fille relâcha tout doucement son souffle. Elle avait réussi, elle était sauvée.

– Qu'est-ce qu'il y a, Lupus ?

Alix se tétanisa, l'estomac retourné. Le chien s'était figé et prenait de petites inspirations rapides. Aucun doute, il avait flairé son odeur.

– Y a quelqu'un ? interrogea le garde.

Une expression anxieuse s'était peinte sur ses traits. D'une main tremblante, il leva la lanterne. Alix se raidit, prête à bondir. L'homme avançait droit sur elle. La lumière de la flamme éclaira le bout de ses pieds.

– Hola, qu'est-ce que c'est ? rugit l'homme. Qui va là ?

Les mots se bloquèrent dans la gorge de la jeune fille et elle n'émit qu'un petit cri apeuré. Le sang lui battait aux tempes. Son cœur lui faisait mal à force de marteler ses côtes. Le chien s'approcha en grondant.

– C'est toi, la nouvelle ? marmonna le gardien. Qu'est-ce que tu fabriques ? Tu cherches à te sauver, c'est ça ?

Il tendit la main pour l'empoigner, mais au dernier moment, Alix plongea sur la gauche. Les doigts de l'homme lui effleurèrent les cheveux. Elle se détendit, et propulsée par un solide coup de talon, fila entre les jambes écartées du veilleur. Surpris, il poussa une exclamation piteuse. Déjà, la jeune fille était debout et détalait à toute allure. Le chien n'avait même pas réagi.

– Lupus ! Attaque !

Les griffes égratignèrent la terre en crissant. Alix redoubla de vitesse, fusant dans les ténèbres. Elle anticipait l'assaut qui l'enverrait rouler dans la poussière. Le chien lui attraperait-il le bras ou la jambe ? Et si le garde l'avait dressé à tuer… Elle regarda par-dessus son épaule tout en courant. Le choc, brutal, vint de face, et la projeta en arrière, le souffle coupé. Lupus s'arrêta en glissade. Fille et bête se retrouvèrent aux pieds d'un jeune homme ahuri, qui se frottait la poitrine en grimaçant.

– Où est-ce que tu cavales comme ça ? s'enquit Marcus d'une voix éraillée.

– Nulle part, rétorqua-t-elle bêtement. Et toi ?

Il la fixa d'un air un peu perplexe, mais ne répondit pas. Le garde accourut vers eux pour tirer le chien en arrière.

– Désolé, Marcus ! s'excusa-t-il, tout essoufflé. J'espère qu'il ne t'a pas fait mal.

– Bien sûr que non. Il me disait juste bonjour.

– C'est à cause de cette fille. Elle était en train de s'enfuir !

– C'est faux ! contra Alix.

Elle se releva, les poings serrés, prête à se battre s'il le fallait, mais Marcus intervint de sa voix tranquille :

– Tu te trompes, elle ne s'enfuyait pas. Nous avions rendez-vous.

– Oh ! bégaya le garde, confus.

Son embarras n'était rien comparé à celui de la jeune fille ; le rouge lui monta aux joues. Elle baissa les yeux, et réalisa que son trouble renforçait joliment le mensonge du garçon. Celui-ci haussa les épaules et poursuivit avec nonchalance :

– Nous allions voir le nouveau fulgur. Il est très nerveux et pourtant, nous devons l'entraîner pour qu'il soit prêt pour les Jeux du Déluge.

– Tu aurais pu l'accompagner, bougonna le garde. J'ai cru qu'elle s'enfuyait.

– J'étais juste là, Urbanus. Tu ne m'as pas vu.

– Le chien aurait pu t'attaquer ! insista l'homme d'un air mécontent.

– Mais non, voyons !

Le garçon caressa la large tête du molosse qui redressa les oreilles et frétilla de la queue en bavant.

– Gentil chien ! le félicita Marcus.

– Bon, ça va, grogna le veilleur, mais ne recommencez pas ou la prochaine fois, je vous dénonce au maître.

Il tira d'un coup sec sur la laisse, et le molosse le suivit à regret, son énorme langue tressautant entre ses babines.

Le cœur d'Alix continuait de battre la chamade. Quand le jeune homme lui effleura l'épaule, elle tressaillit et repoussa sa main d'une claque.

– C'est bon, chuchota-t-il. Tout va bien.

Elle acquiesça et fit mine de repartir vers le dortoir. Il lui saisit le poignet. Délicatement, sans forcer.

– On devrait au moins faire semblant d'aller voir le cheval, tu ne crois pas ?

Le garde s'était arrêté à bonne distance, mais tout en tripotant la laisse de son chien, il les surveillait du coin de l'œil. Alix serra les mâchoires et à grandes enjambées, se dirigea vers l'écurie. À l'intérieur, l'obscurité régnait. Les chevaux relevèrent la tête à l'entrée de la jeune fille. Quelques étincelles crépitèrent dans le noir. Le bourdonnement des colliers de Faraday s'intensifia. Sans ces protections, un gigantesque arc de foudre aurait pu embraser le bâtiment, bondissant d'un fulgur à l'autre.

– Qu'est-ce que tu étais en train de faire exactement ? demanda Marcus en remontant à la hauteur d'Alix.

Elle se laissa tomber sur une botte de foin.

– Je ne resterai pas ici ! siffla-t-elle. Et l'étalon noir non plus ! On ne vous appartient pas ! On sera toujours libres.

Elle élevait la voix. Marcus s'assit à côté d'elle et lui pressa le genou.

– Moins fort, chuchota-t-il. Es-tu folle ? Tu cherchais à t'échapper ? Et avec un fulgur, en plus ! Sais-tu quel est le châtiment des esclaves en fuite ? Et des voleurs ? Crois-tu que cela se limite à la mort ?

Alix pinçait les lèvres.

– Tu n'as pas vu les esclaves crucifiés au bord de la route ? Tu veux vraiment finir comme eux ?

– Je ne me laisserai pas attraper vivante.

– Mais comment es-tu arrivée ici ?

Elle se crispa.

– Ce sera différent. Ça n'arrivera plus.

– Sans mon intervention, le gardien de nuit te capturait et te livrait dès l'aube à la colère de Caius.

– Et alors ? Qu'attends-tu de moi ?

– Rien. Simplement que tu vives. Pourquoi cela te choque-t-il ?

– Je ne veux pas vivre enchaînée.

– Donc, tu imagines que tu vas décamper en pleine nuit, en embarquant un cheval d'orage. Tu es complètement dingue !

– C'est toi qui ne comprends rien ! Je n'ai plus rien à perdre.

De nouveau, le nom de son père lui brûla les lèvres.

Elle voulait lui jeter sa mort au visage, et qu'il se repente de lui parler aussi durement.

– Vous m'avez réduite en esclavage, dit-elle à la place. Je ne rentrerai jamais chez moi. Vous pouvez me frapper, vous pouvez même me tripoter si ça vous chante ! Et moi qu'est-ce que je peux faire ? Je suis faible, alors je dois me contenter de pleurer ?

– Tu n'es pas faible.

Alix le fixa en silence. Le sang battait à ses tempes et ses dents lui faisaient mal tant elle les serrait pour maîtriser sa colère.

– Tu es une fille de cheval au milieu des chevaux, reprit calmement Marcus. Les dieux n'ont pas été tendres avec toi, mais ils t'ont amenée ici. N'est-ce pas une chance à saisir ?

– Une chance ? marmonna-t-elle.

– Les esclaves de la faction rouge peuvent retrouver la liberté.

– Comment ?

La question avait fusé avant qu'elle puisse la retenir.

– Le milieu des courses brasse de l'argent, répondit le garçon de bonne grâce. Beaucoup d'argent. Si tu accumules les victoires, tu pourras racheter ta liberté.

– Accumuler des victoires ? Qu'est-ce que tu racontes ?

– Tu pourrais être cavalière.

La colère d'Alix retomba d'un coup, mais la douleur persista dans son ventre. Elle réalisa que derrière l'écran de la rage, elle était malade de terreur. En réalité, elle ne savait pas vraiment monter. Encore moins un fulgur. Sa vieille jument avait peu de points communs avec les monstres de l'orage... Pourtant, les paroles de Marcus remuaient un début d'espoir dans son cœur. Et si au fond, elle était capable de chevaucher Ira, sous la pluie, dans le vacarme de cette horrible arène ? Elle se releva pour sortir. Son masque se fendillait sous l'émotion et le garçon ne devait rien deviner de son trouble.

– Avons-nous suffisamment joué la comédie ? s'enquit-elle d'un ton narquois. Je n'aimerais pas que toute la faction cancane sur notre « rendez-vous » demain !

– Je vais quand même te raccompagner. Tant pis pour les cancans. Moi aussi j'ai envie de dormir et je préfère te savoir au dortoir plutôt qu'à fureter sous le nez des gardes...

– Bien sûr, admit Alix.

Son sourire s'effaça dès qu'elle tourna le dos à Marcus. La lassitude lui sciait les jambes. Elle était bel et bien prisonnière de cet endroit. Jamais elle n'arriverait à en réchapper. Pas sans aide.

Chapitre 9

La jeune fille se réveilla en sursaut, la main sur la gorge. Elle avait l'impression d'y sentir encore la corde que les Romains lui avait passée autour du cou, lors de sa capture. Elle mit quelques secondes à se rappeler où elle se trouvait.

J'ai fait un cauchemar, comprit-elle.

Elle n'en tira aucun soulagement. Son père restait mort, et elle, prisonnière d'un peuple fou.

Autour d'elle, les autres esclaves dormaient. L'obscurité régnait dans le dortoir.

Elle se laissa retomber sur sa paillasse, sans force. Ses muscles tremblaient ; ses dents se mirent à claquer. Pourrait-elle seulement se lever tout à l'heure pour travailler ? Le chagrin la creusait de l'intérieur. Elle se sentait si triste, si vide. Sa tentative d'évasion ratée la renvoyait à son impuissance. À l'aube, les Romains recommenceraient à la brutaliser, à lui hurler des ordres. Et ce serait ainsi jusqu'à la fin de sa vie.

Lasse, elle se roula en boule et ferma les yeux. Les

larmes lui gonflaient les paupières, avant de dévaler ses joues en un sillon brûlant. Si seulement elle pouvait s'endormir pour ne plus s'éveiller. Rejoindre son père… Un hennissement puissant rompit le silence. Alix se redressa comme un ressort. Le hennissement reprit, si terrible, si porteur de colère, qu'il jeta une torche dans l'esprit fatigué de la jeune fille.

– Le fulgur…

Elle n'avait pas le droit de renoncer. Pas maintenant, alors que le cheval était toujours prisonnier. C'était sa faute si les Romains l'avaient capturé. Elle était responsable de lui.

En une seconde, elle fut debout. Elle enjamba les corps des hommes qui s'éveillaient lentement, tièdes et pâteux de sommeil, et se rua dehors. La pluie lui fouetta le visage. Un éclair zébra le ciel gris. Pendant une seconde, une vive clarté illumina la cour. Deux silhouettes apparurent, blanchies par la foudre, aux prises l'une avec l'autre : un homme et un cheval.

– Non ! Arrêtez ! cria Alix.

Flaccus s'arc-boutait sur la bride du fulgur noir et essayait de le conduire vers le manège. L'étalon, la tête rejetée en arrière, se débattait. Pendant un instant, ils ne bougèrent pas. Puis excédé, l'entraîneur lui cingla les naseaux à l'aide de la corde.

– Non !

Alix s'élança vers eux. Les pavés glissaient sous ses pieds nus. Elle perdit l'équilibre, se rattrapa d'un moulinet des bras, et repartit en courant.

Ira chargea Flaccus, mais celui-ci l'évita et raccourcit la bride, sa main à la hauteur de la bouche du cheval. Quand l'animal voulut se cabrer, l'homme résista et le fulgur ne s'éleva que de quelques centimètres.

– Laissez-le tranquille ! lui commanda Alix en se suspendant à son bras.

– Dégage !

L'entraîneur la rejeta avec brutalité sur le sol et infligea un nouveau coup au cheval. Pour lui échapper, l'étalon se hâta en direction de la carrière.

Alertés par le tumulte, des esclaves jaillissaient du dortoir. L'un d'eux bouscula Alix alors qu'elle se relevait.

– Sextus, viens m'aider ! héla Flaccus. Tiens-le pendant que je monte sur son dos !

Les autres palefreniers s'accoudèrent à la barrière afin de regarder. La jeune fille s'étreignait les mains, au désespoir. Comment pouvait-elle interrompre le drame qui se nouait devant elle ?

– N'aie pas peur, lui dit un homme. Flaccus sait y faire avec les chevaux. Il va mettre celui-là au travail, tu vas voir !

Elle se plaqua contre la barrière pour observer la scène. Elle ne pouvait détourner son regard du fulgur. La tête maintenue par deux esclaves, il ne bougeait pas, pareil à une statue de basalte. Seuls les tressaillements de ses flancs et les éclairs fiévreux qui traversaient ses yeux trahissaient sa colère profonde.

– Écoute ton maître, gronda l'entraîneur. Calme-toi.

Il flatta l'encolure de la bête, puis agrippa la longue

crinière. Malgré sa corpulence, il s'éleva du sol avec aisance et sauta sur le dos de l'étalon.

– Lâchez-le ! ordonna-t-il.

Aussitôt, le fulgur se cabra. Flaccus, les mollets serrés et le buste penché en avant, tint bon. Le cheval retomba sur ses sabots avec tant de violence que les mâchoires de l'homme s'entrechoquèrent. Une deuxième fois, l'étalon se dressa à la verticale, puis il décocha une puissante ruade. Flaccus conserva son équilibre.

S'il pouvait tomber et se rompre le cou ! pensa Alix avec ferveur.

Mais l'entraîneur ne tomba pas.

L'animal partit au galop, en cercle dans la carrière. Il rua, se cabra, bondit, puis repartit à bride abattue comme une furie, arrachant des mottes de terre à chaque foulée.

– Attention, il va se rouler ! avertit quelqu'un.

Flaccus sauta à terre au moment où le cheval plongeait. Le fulgur se tordit vainement sur le sol. Dès qu'il fit mine de se redresser, Flaccus l'empoigna par la crinière et se réinstalla sur son dos.

L'étalon se remit à tourner au galop. Il frôla la barrière et à son passage, les esclaves se rejetèrent en arrière avec un murmure impressionné.

– Quelle rapidité ! s'exclama quelqu'un.

– Un vrai cheval de course !

Mais une voix s'éleva pour couvrir ce concert de louanges – celle de Marcus :

– Saute ! cria-t-il, ou il va t'électrocuter !

Flaccus bondit au moment même où un flash de lumière aveuglant jaillissait de l'étalon. L'électricité crépita autour de son corps cabré et se ramifia dans l'air, lançant dans toutes les directions ses flèches mortelles. La foule glapit de terreur. Pour reculer plus vite, les garçons d'écurie se marchèrent sur les pieds. Le cheval enragé dansait sur place ; des boules d'énergie fusaient de sa robe, de sa queue, de sa crinière. Les gouttes de pluie se changeaient en vapeur au contact de son dos bouillant.

– Ce n'est pas possible, murmura Marcus, les yeux plissés. Comment peut-il… Avec un collier de Faraday… Flaccus, reviens ! ordonna-t-il soudain.

L'entraîneur se précipita vers la barrière. Le cheval le chargeait, tête baissée. L'homme se glissa entre deux planches juste à temps et se retourna pour lui faire face. Il s'attendait à ce que le fulgur pile devant la lice, mais emportée par son élan, la créature pulvérisa l'obstacle. Les derniers spectateurs perdirent alors tout intérêt pour la séance de dressage et se bousculèrent pour fuir à qui mieux mieux. L'un d'eux, jeté au sol par la cohue, roula sous les sabots du fulgur.

– Ira ! S'il te plaît ! Non !

Alix se précipita au-devant du cheval, les bras levés. Elle paraissait encore plus petite et plus misérable sous la pluie battante, ses cheveux rouges dégoulinant sur son visage et dans son cou. L'étalon se dressa en l'air devant elle, semblable à une montagne frappée par la foudre. Puis il retomba, et ses sabots heurtèrent le pavé avec fracas, soulevant une gerbe d'eau sale. Des étincelles picotèrent les jambes d'Alix. Elle ne recula pas. Son regard accrocha celui du cheval. Pendant un instant, elle crut pouvoir l'arrêter. Puis un violent frisson agita les flancs d'Ira et ses naseaux se dilatèrent. Il souffla bruyamment, balança la tête en un mouvement rageur qui obligea la jeune fille à battre en retraite, horrifiée : leur fragile lien s'était rompu, elle avait perdu sa confiance.

Faisant volte-face, l'étalon s'éloigna au galop dans les allées. Le poing plaqué sur la bouche, Alix mesura la distance qui grandissait entre eux. Pour lui, elle était devenue comme les autres Romains. Une ennemie.

Les vociférations de Flaccus l'arrachèrent à ses lugubres pensées.

– Mon arc ! criait-il. Donnez-moi tout de suite mon arc ! Je refuse que ce cheval reste un jour de plus dans mon écurie, C'est un fou dangereux ! Un tueur ! Je vais le massacrer et vendre sa viande au marché !

Épouvantée, Alix chercha un soutien dans la foule. Son regard croisa celui de Marcus. Le garçon scrutait l'entraîneur, indéchiffrable. Elle se précipita vers lui et le saisit par les épaules.

– Je vais le dresser ! cria-t-elle. Je peux y arriver, tu le sais. Je ferai tout pour réussir ! Dis-le à Flaccus. Je t'en prie !

Marcus n'hésita qu'une brève seconde avant de hocher la tête. Ils se tournèrent tous les deux vers le cheval d'orage. Des garçons d'écurie étaient parvenus à lui passer une corde autour de l'encolure et une autre sur le paturon de son postérieur gauche. Le fulgur luttait, ruait, se cabrait. D'une seconde à l'autre, Flaccus risquait de le larder de flèches.

– Marcus ! Vite !

– Flaccus ! appela-t-il. Arrête ça tout de suite !

Le tonnerre gronda, noyant la fin de sa phrase, et Alix crut que l'entraîneur n'avait pas entendu. Pourtant, il se retourna. Son visage brûlé était convulsé de colère.

– Ne t'en mêle pas ! ordonna-t-il. Ma décision est prise.

Marcus poursuivit d'une voix tranquille, si basse qu'elle contraignit l'homme à s'approcher de lui.

– La décision d'abattre ce cheval revient à Caius et tu le sais, déclara le garçon.

– Crois-tu qu'il me contredira après ce qui vient d'arriver ?

– Peut-être. Il faut en discuter. Alix propose de m'aider à dresser le fulgur. Nous en assumerons la tâche seuls, je te promets qu'on s'occupera de tout.

– Et puis quoi encore ? Pour qui se prend-elle cette gamine ? Qu'est-ce qu'elle y connaît aux chevaux de course ?

– Celui-là m'appartient, rétorqua le garçon. Caius me l'a donné.

– Et crois-moi, je te sauve la vie en l'abattant. Tu te rends compte de ce qu'il vient d'arriver ? Il aurait pu tuer Lucius !

– J'ai vu un spécimen incroyable. Un cheval comme

nous n'en avions encore jamais rencontré, capable de frapper malgré un collier de Faraday.

Alix suivait l'échange, impressionnée par le calme du cavalier. La colère de l'entraîneur se brisait sur lui comme des vagues sur un rocher, si bien qu'il finit par capituler :

– D'accord, d'accord, tête de mule, allons voir Caius. Elle vient aussi, ajouta-t-il en agitant la main vers Alix.

La jeune fille courut sur les talons de Marcus et Flaccus. Alors qu'ils s'engouffraient dans un grand bâtiment, elle ralentit, surprise. À cet endroit, l'odeur de cheval s'atténuait, remplacée par un lourd parfum d'encens. Tout était soudain si calme... Des lanternes en or dispensaient une vive clarté. De l'eau murmurait dans la vasque d'une fontaine en marbre. Après le froid glacial de l'averse, une chaleur délicieuse réchauffait son corps mouillé.

– Tu viens ? souffla Marcus.

Alix se dépêcha de le rejoindre, mais elle ne pouvait s'empêcher de regarder autour d'elle. Ses pieds nus s'enfonçaient sans bruit dans un épais tapis de laine pourpre. Des fresques ornaient les murs et le plafond. Les peintures représentaient des fulgurs galopant sous l'orage ; un nom tracé en lettres d'or accompagnait chaque bête. Sans doute s'agissait-il d'anciennes vedettes de la faction...

– Ne traînez pas ! aboya Flaccus. Je vous rappelle que nos gars sont seuls dehors avec cette créature !

Il les fit traverser une salle dallée de marbre et survoler un escalier pour arriver enfin à destination.

Assis derrière un bureau en cèdre, Caius leva les yeux de son rouleau de parchemin. Ses iris bleus glissèrent sur chacun d'entre eux, l'air vaguement ennuyé.

– Un problème ? demanda-t-il à Flaccus.

– Le fulgur noir est irrécupérable !

Le propriétaire se rencogna dans son fauteuil et se massa les tempes du bout des doigts.

– Que s'est-il passé ? s'enquit-il d'un ton las.

– Il faut nous en débarrasser au plus vite, poursuivit l'entraîneur. Ce monstre a presque tué un esclave et détruit l'enclos où je tentais de le dompter. Nous devons l'abattre.

Alix toucha discrètement le bras de Marcus.

– Flaccus a omis un détail, intervint le garçon avec assurance. L'étalon s'est défendu par la foudre.

– Comment ça ? s'enquit Caius, les sourcils froncés. Il n'a pas été tenu à l'isolement depuis hier ? Et le collier ?

– Il le portait, et pourtant, il s'est régénéré. Suffisamment pour éjecter Flaccus et électrocuter un garçon d'écurie. Je n'avais encore jamais vu une bête comme celle-ci. Elle nous offrira de nombreuses victoires.

– Peut-être, mais je ne veux pas que tu sois blessé par un cheval, aussi prometteur soit-il, grommela le maître de la faction.

– Claudia a un bon rapport avec lui.

– Qui ? Cette gosse ?

Marcus pressa l'épaule de la jeune fille, et elle s'avança vers le bureau, la bouche sèche.

– Je peux le dresser, croassa-t-elle.

Elle avait voulu parler avec fermeté, mais sa voix s'était étranglée en une vague supplication. Absolument pathétique… Flaccus aboya un rire bref, et un sourire releva les lèvres de Caius.

– Alors comme ça, tu sais dresser les fulgurs ! s'amusa-t-il. J'ai bien fait de te ramasser dans la boue. Moi qui croyais récupérer une petite esclave, me voilà face à la future responsable de mes écuries !

– On devrait la vendre au marché avec la viande de son cheval, proposa Flaccus. On en tirerait un bon prix.

– Attends. J'aimerais savoir comment elle compte s'y prendre pour dresser le fulgur.

Tous les trois l'observaient. Embarrassée, elle ne sut quoi répondre. Ses pensées s'éparpillaient dans sa tête et le vertige la gagnait. Au goût du sang qui se répandit dans sa bouche, elle se rendit compte avec stupeur qu'elle se mordait l'intérieur des joues.

– Quand j'étais enfant, j'ai été touchée par un fulgur… finit-elle par bégayer.

Évoquer ce souvenir lui faisait mal. Il était trop lié à son père.

– Et qu'est-ce qu'on est censé comprendre ? railla Flaccus.

– J'ai un don.

Sa voix tremblait alors qu'elle aurait dû se montrer

sûre d'elle et orgueilleuse. Tout à coup, devant ces étrangers, elle doutait. Cette histoire de don ressemblait trop à une fantaisie de fillette. Elle avait inventé ce conte, qu'elle brodait lorsqu'elle avait peur, lorsqu'elle était seule…

– Un don ? releva Caius avec un mince sourire. Serais-tu magicienne ?

– Vous vous souvenez, j'ai calmé votre cheval quand vos hommes s'acharnaient à cinq contre lui… se justifia-t-elle.

– C'est ridicule, soupira l'entraîneur. Tu n'es qu'une fille. Une gamine à la tête farcie d'histoires de magie.

La situation était en train de lui échapper. Dans un instant, Caius se rangerait à l'avis de son employé et le fulgur serait perdu pour toujours.

– C'est une décision importante, reprit Marcus. On ne peut pas raisonnablement trancher au bout d'un jour. Cette créature pourrait bien nous permettre de remporter les prochains Jeux !

Caius posa le menton sur ses mains jointes, les paupières plissées par la réflexion. Visiblement l'argument l'avait touché et le cœur d'Alix s'accéléra. Puis l'expression du maître fondit en quelque chose de tendre, et tout à coup, elle comprit pourquoi il tolérait l'insolence du cavalier : Marcus était son fils. La jeune fille s'accabla pour sa lenteur d'esprit. Elle se tenait à côté du futur maître des Rouges.

Caius va lui céder, songea-t-elle. *Il le faut.*

– Nous pouvons faire un essai, concéda Caius au bout d'un moment.

Les muscles d'Alix se relâchèrent. Elle exhala un long soupir.

– Je vais venir avec toi et tu vas nous faire une démonstration de tes talents.

Le choc la frappa à l'estomac.

– Tout de suite ? suffoqua-t-elle.

– Bien sûr ! Je n'ai pas de temps à perdre, rétorqua-t-il avec humeur. Les Jeux du Déluge peuvent être programmés dans un mois ou même la semaine prochaine selon les prédictions des devins-tonnerre. Voilà mes conditions. Tu feras le tour de la piste avec cet animal. Si tu parviens à le monter sans qu'il cherche à te tuer, nous le garderons. S'il se montre dangereux, sa viande finira sur les étals du marché. Et toi, tu le suivras, ajouta-t-il avec désinvolture. Alors, tu tiens le pari ou non ?

Elle aurait dû être effrayée, mais au contraire, l'envie d'en découdre l'embrasa tout entière. Elle en avait assez d'être humiliée par ces hommes, sans cesse rabaissée, comme si elle n'était qu'une enfant stupide. En cet instant, elle eut l'impression d'être un fulgur, une bête sauvage, dont le sang charriait la foudre et le feu.

– Je vais le faire, cracha-t-elle, je le monterai. Au galop.

Chapitre 10

La rumeur se propagea à toute vitesse dans la faction. Les spectateurs qui s'étaient dispersés suite à l'éclatante révolte du fulgur se rassemblèrent de nouveau autour de la lice. Alix s'avança dans la cour. Les mâchoires serrées, elle ravalait ses émotions, mais quand tous les regards convergèrent vers elle, un accès de terreur lui coupa les jambes. Marcus dut le sentir, car il la soutint par le coude.

– Ça va aller, lui assura-t-il à voix basse. Tu vas y arriver, je crois en toi.

Elle hocha la tête, incapable de répondre : une boule obstruait sa gorge. Devant elle, Caius ouvrait le passage en vociférant :

– Écartez-vous ! Laissez passer !

Ils arrivèrent bien trop vite à la piste d'entraînement. Alix n'était pas prête. Comment pouvait-elle contrôler une tonne de muscles électrifiés ? Son cœur tambourinait contre ses côtes. Dans une minute, elle serait peut-être morte…

Les garçons accoudés à la barrière se poussèrent. Alix aperçut l'étalon, garrotté par les cordes, et bizarrement, elle se sentit mieux. Pour lui, elle pouvait mourir.

Meurtri par les liens, le cheval couchait les oreilles et tremblait de fureur. Au moment où elle se dirigea vers lui, il déchira d'un coup de dent la manche du palefrenier qui s'efforçait de lui tenir la tête. Celui-ci recula avec un cri de frayeur.

– Du calme... Tout va bien, murmura la jeune fille.

Au son de sa voix, l'étalon parut s'apaiser. Il cessa de secouer la tête. Sa lourde crinière retomba sur son encolure.

– Poussez-vous, commanda Alix aux garçons d'écurie. Laissez-moi seule avec lui.

Les palefreniers échangèrent un regard mauvais, mais s'exécutèrent. Lentement, la jeune fille desserra les nœuds qui étranglaient son cheval. Elle le délivra de ses liens, arracha les entraves de ses jambes, et ne lui laissa que le collier d'acier. À sa grande surprise, ses mains ne tremblaient plus.

– Viens, lui dit-elle en entortillant ses doigts dans ses crins.

Il la suivit et une émotion puissante enfla en elle. Ira lui accordait de nouveau sa confiance. Le cœur battant la chamade, elle le mena au centre de la piste. Elle avait l'étrange impression de rêver.

Concentre-toi, idiote ! C'est réel !

Elle toucha le garrot de l'étalon. Il se déplaça. Elle l'accompagna à son rythme, et quand elle se sentit prête, elle lui effleura le dos. La chair de l'animal frémit. Un long frisson courut le long de ses flancs. Il s'éloigna au petit trot, gêné par le contact de la paume de la jeune fille.

Elle remonta à sa hauteur et cette fois, lui caressa l'encolure. Il se laissa faire jusqu'à ce que, de nouveau, elle lui frôle le dos. Là, il accéléra pour la distancer. Elle recommença, encore et encore. Derrière la lice, le public s'impatientait. Tous paraissaient avoir oublié le récent déchaînement de violence de l'étalon. En la lente prudence de la jeune fille, ils ne voyaient que de la pusillanimité.

– Dépêche-toi ! aboya Flaccus. On n'a pas toute la journée. Monte-le !

Il faut y aller, se dit-elle.

Elle n'avait que trop attendu. Le cheval ne se calmerait pas plus que ça. Les tempes bourdonnantes, elle se colla à l'épaule du fulgur.

Allez !

Elle lui agrippa la crinière et, d'une traction, tenta de se hisser sur son dos. Ira souffla par les naseaux. Les oreilles aplaties, sa queue lui battit les côtes, et d'un bond soudain, il s'élança. Alix chancela et il s'en fallut de peu qu'elle ne tombe sur les fesses. De l'autre côté de la lice, les premiers ricanements s'élevèrent.

– Allez, rattrape-le ! ordonna Flaccus. Dépêche-toi !

Poursuivre le cheval ne la mènerait à rien, aussi Alix patienta-t-elle, les entrailles nouées, jusqu'à ce qu'il s'arrête vers le milieu de la piste. En temps normal, elle n'aurait jamais osé retenter l'expérience, mais Flaccus l'acculait. Elle s'approcha du fulgur et caressa sa longue crinière. Peu à peu, sa main descendit. Quand ses doigts frôlèrent son garrot, le cheval tressaillit. Une étincelle de colère illumina son œil. L'espace d'une seconde, la jeune fille hésita, mais sa propre voix, fêlée par la peur, claqua dans sa tête :

Tu n'as pas le choix !

Sa main moite se referma en poing sur la crinière. Elle tira de toutes ses forces sur ses poignets, et cette fois, sa jambe survola le dos du cheval. L'étalon bondit en avant. Alix s'écrasa contre son encolure et, dans la panique, l'enserra des deux bras. L'anneau de Faraday lui rentra dans le ventre, lui coupant le souffle, mais pire encore fut le picotement qui se mit à fourmiller à l'intérieur de ses cuisses et de ses mollets. L'électricité crépitait dans les veines de l'étalon. Elle devait descendre – tout de suite !

Pourtant, elle tint. Par défi, par désespoir, elle s'accrocha au cheval d'orage. Qu'il la foudroie ! Au moins tout serait vite fini ! Mais l'étalon se borna à baisser brusquement la tête et Alix fut déséquilibrée. Elle glissa le long de son encolure ; ses genoux heurtèrent le collier, lui permettant in extremis de ne pas tomber, jusqu'à ce que le fulgur lance ses postérieures vers le ciel. La jeune fille décolla, hurlante. Elle fendit l'air et s'abattit avec violence dans l'herbe. Le choc lui vida les poumons. Pendant quelques secondes, elle lutta désespérément pour ne pas perdre connaissance. Si elle s'évanouissait, ç'en était fini du cheval et d'elle. Sans savoir comment elle avait fait, elle se retrouva debout.

Le fulgur s'était immobilisé non loin d'elle. Elle le rejoignit, et sans hésiter, attrapa derechef sa crinière. L'instant d'après, elle était sur son dos. Il se cabra. Elle se cramponna à deux mains au collier.

– Penche-toi sur l'encolure ! cria Marcus.

Elle obtempéra et le fulgur retomba sur ses antérieures. Les mâchoires d'Alix claquèrent. Elle resta agrippée au collier, les muscles tétanisés.

– Détends-toi, respire !

Le garçon avait vu juste : elle retenait sa respiration. En laissant filer l'air en une profonde expiration, elle eut l'impression que sa monture se décontractait.

– Allez, chuchota-t-elle. Montre-leur !

Elle redressa le dos et serra les mollets. Le fulgur s'arracha du sol, déclenchant dans la foule une clameur unanime. Cette fois, c'était parti ! Les foulées du cheval dévoraient l'espace ; il volait sur l'herbe. Malgré son saisissement, Alix exulta. Le vent lui soulevait les cheveux. Son cœur battait à tout rompre.

Elle ne distinguait plus les spectateurs ; ils se fondaient en une traînée couleur chair, rendue floue par la vitesse. Elle ne voyait plus rien, ne sentait plus rien. L'orgueil gonflait son cœur. Sa concentration s'effilochait. Seule comptait sa revanche : sur le dos du fulgur, elle n'était pas leur esclave ! Elle était libre ! Elle était le vent !

Soudain, le souffle lui manqua. Perdue dans l'orage

de ses pensées, elle n'avait plus songé à respirer. La vitesse l'asphyxiait. Elle tira sur la crinière pour tenter de ralentir l'étalon, mais il n'écoutait pas. Il prit le virage à une cadence infernale. Alix se sentit glisser. Elle allait tomber !

Elle se cramponna au collier de toutes ses forces. Le grondement des sabots frappant l'herbe s'atténua. Elle réalisa avec horreur qu'elle était en train de perdre connaissance. L'instant d'après, tout devint noir.

Le choc de son corps contre le sol la ranima. Elle se trouvait à plat ventre dans l'herbe gorgée de pluie. Le sang pulsait à ses oreilles. Elle pensait que la foule allait rire, se moquer… Mais un silence de mort régnait dans le public. Tous regardaient derrière elle. Le fulgur continuait de galoper et décochait de furieuses ruades. L'électricité embrasait sa queue et sa crinière. On aurait dit une boule de feu lancée à pleine vitesse. Que s'était-il passé ?

– C'est ma faute, bégaya Alix en se mettant à quatre pattes. C'est moi… Je suis tombée. Ça n'a rien à voir avec lui… c'est moi…

Dans le public, elle repéra Flaccus et tressaillit à sa vue : il la considérait d'un air mauvais.

– J'ai réussi… souffla-t-elle, la voix fêlée.

Elle parla plus fort, pour que tout le monde l'entende :

– Je l'ai monté.

– C'est vrai, admit Flaccus. Tu l'as monté. Et regarde-le cracher sa foudre comme un démon. Tu as de la chance de tenir encore sur tes pattes. Il aurait pu te frire.

– Non, vous ne comprenez pas. Il a senti que je tombais… Il a senti… que je m'évanouissais !

Caius se tenait un peu à l'écart. Le poing appuyé sur les lèvres, les paupières plissées, son expression n'était guère encourageante. Alix comprit qu'il allait se ranger à l'avis de son entraîneur. Son sang se glaça. Elle aurait voulu remonter le temps, recommencer, être moins orgueilleuse. Tout était sa faute. Les larmes pointèrent au coin de ses yeux. Le fulgur avait certainement voulu l'aider en lui communiquant son énergie, et elle, elle l'avait condamné.

– Non, dit-elle dans un sanglot. Laissez-lui une chance… encore une petite chance… Je vous en prie !

Soudain une bousculade agita le premier rang des spectateurs.

– Attendez ! cria une voix.

Marcus escalada la barrière. Agile comme un chat, il se percha à son sommet, ses jambes crochetant les planches pour se tenir en équilibre. Les bras levés, ruisselant de pluie, il se mit à parler :

– Ce cheval reste ! exigea-t-il. Vous avez tous vu qu'on pouvait le monter ! Je le veux pour moi ! Pour les courses du Déluge ! Que personne n'y touche, par Junon, que personne ne s'avise de lui faire du mal !

– Ça suffit, grogna Flaccus en s'approchant de lui pour le forcer à descendre de la barrière. Que vas-tu faire, sinon ?

– J'ai reçu une offre de la faction bleue ! hurla le cavalier.

La main de l'entraîneur, tendue vers lui, se figea en l'air. Le brouhaha des conversations cessa d'un coup. Tous les yeux fixaient Marcus, écarquillés de stupeur.

– Les Bleus veulent me recruter, tonna le jeune homme, et au nom des dieux, je jure que j'accepte si vous vous débarrassez du cheval. C'est lui *et* moi. Ou bien vous nous perdez tous les deux !

Chapitre 11

La pluie tombait sans discontinuer. Alix s'était réfugiée sous l'auvent de l'écurie. Les yeux vitreux de fatigue, elle observait les palefreniers s'agiter dans la cour. Certains tiraient des fulgurs par la bride, d'autres charriaient des bottes de foin ou des seaux. Elle se sentait tellement étrangère… Le matin, elle leur avait lancé un défi à travers le fulgur. La rage d'en découdre et de conquérir sa liberté avait nourri le feu de sa révolte, mais son échec cuisant l'avait remise à sa place : celle d'une fille seule et vulnérable. Sans la bravade de Marcus, le cheval aurait été perdu…

C'était la seconde fois que le cavalier lui sauvait la mise. Se savoir à ce point impuissante achevait de la détruire.

Elle ne dormit pas, mais quelque chose en elle s'éteignit.

– Regardez-moi cette petite crâneuse qui roupille !

La gifle lui arracha un cri de douleur et de surprise.

– Dépêche-toi de balayer tout ça ! lui ordonna Flaccus. Je ne tolérerai aucun paresseux à mon service.

– Je ne suis pas…

– Tais-toi !

L'entraîneur la saisit par le bras et la poussa brutalement sous la pluie.

– Tu te prends pour une cavalière après ta démonstration minable ? C'est vrai que tu étais redoutable, le nez dans l'herbe !

Il lui tordit le bras.

– Écoute-moi bien, gronda-t-il. Il est hors de question que tu passes ta journée à rêvasser ! Tu travailleras au nettoyage jusqu'à ce soir. Laisse les vrais cavaliers s'occuper des fulgurs.

Seule pour accomplir la tâche de deux personnes, Alix récura les écuries. Elle avait à peine fini que Flaccus surgit de nouveau. Il plissa les paupières en examinant les box. Le front emperlé de sueur, la jeune fille attendait son verdict avec confiance. Elle avait travaillé vite et bien.

– Il y a une toile d'araignée dans le haut de ce box ! s'exclama l'entraîneur.

Alix grimaça. Elle n'avait pas songé à lever les yeux. Elle se dressa sur la pointe des pieds pour atteindre la toile avec le bout de son balai. Flaccus la poussa dans le dos et elle s'effondra sur les genoux.

– Idiote ! Tu effraies les chevaux en gesticulant !

La tête baissée, elle verrouilla sa colère derrière ses

dents serrées. L'entraîneur n'attendait qu'un prétexte pour la punir.

– Allons, ne reste pas les bras ballants ! Secoue-toi un peu ! Mais quelle empotée !

Avec des gestes lents, elle se débarrassa enfin de la toile d'araignée.

– Ce n'est pas trop tôt, maugréa Flaccus. Il y a du foin pourri à brûler, alors presse-toi un peu.

Au bord des larmes, elle gagna la seconde aile de la faction. À la fin de la matinée, elle était percluse de douleurs, mais elle avait terminé le nettoyage des stalles et transformé en brasier une montagne de foin pourri. L'estomac dans les talons, elle se dirigeait vers les cuisines avec les autres esclaves, quand Flaccus l'attrapa par la manche de sa tunique.

– Où tu crois aller ? Tu mangeras lorsque tu auras fini de graisser les brides.

– Mais il y en a des centaines ! protesta la jeune fille. J'en ai pour des heures !

– Justement, tu devrais t'y mettre au plus vite.

Elle s'affaira, la rage au ventre. Personne ne lui avait jamais hurlé dessus comme ça, pas même son père. La révolte bouillait dans son sang. Mais si elle se rebellait, Flaccus la détruirait.

Ses mains retombèrent sur ses cuisses et elle se mit à rêvasser. Pourquoi n'avait-elle pas davantage profité de sa vie d'avant ? Tout était simple alors. Chaque jour lui manquait. Chaque moment qu'elle n'avait pas savouré, dont elle ne s'était pas assez réjoui. Son petit village, où ses soucis se limitaient aux corvées domestiques, aux chamailleries avec le fils du voisin, aux araignées qui infestaient leur maison… Son père lui manquait tellement.

– Te voilà davantage à ta place !

Alix sursauta et s'essuya les joues à la hâte.

Des garçons d'écurie la toisaient, goguenards. De tous les âges, c'étaient des esclaves comme elle. Leur visage exprimait une excitation fébrile, chargée de haine.

– C'est tout ce que tu sais faire, le ménage ! reprit le plus grand.

Ses yeux clairs ressemblaient à deux éclats de glace, et une canine pointue empiétait sur sa lèvre inférieure, ce qui lui donnait l'air à la fois idiot et carnassier. Alix redressa les épaules.

– Ça te regarde ? lança-t-elle. Fiche-moi la paix !

Un des palefreniers se pinça le nez et l'imita d'un ton aigu de fillette :

– Fiche-moi la paix !

Les autres éclatèrent de rire. Le garçon se pencha sur elle et lui envoya une chiquenaude sur le front. Sans réfléchir, elle bondit sur ses pieds. Le sourire du palefrenier s'élargit.

– Tu as pleuré ? demanda-t-il d'un air amusé. Regardez ses yeux rouges ! Elle pleurniche parce qu'elle est tombée ce matin ! Elle se prenait pour une cavalière, cette prétentieuse. Ce qui t'arrive, tu l'as bien cherché !

Alix s'étrangla de colère. Ce qui lui arrivait, elle

l'avait cherché ? Son père massacré ? Sa capture ? Le coup partit tout seul. La bride cingla le visage hilare de son adversaire et le mors lui éclata la lèvre.

– Par Minerve ! jura-t-il.

Du sang coulait de sa bouche.

– Je vais te tuer… Aidez-moi, vous autres !

Ses acolytes se rassemblèrent aussitôt autour de lui. Alix écarta les pieds pour assurer ses appuis, les entrailles nouées par la peur. Elle espérait pouvoir en assommer un avant d'être submergée par le nombre, mais quelqu'un la ceintura.

– Lâche-moi !

Elle haït sa voix de trahir autant sa peur. Elle se débattit, mais son agresseur la serra plus fort, plus étroitement. Le garçon aux yeux bleus la gifla ; son oreille se mit à siffler.

– Tu n'es pas une cavalière ! cracha-t-il. Tu ne le seras jamais. Tu resteras toujours une esclave !

Seule contre tous, elle leur fit face, mais elle n'avait aucune chance. Elle était l'étrangère. Plus que ça : elle était une fille dans un monde d'hommes.

Le garçon qui la retenait la lâcha. Vite, elle s'élança pour fuir. Un coup de poing dans le ventre la plia en deux, le souffle coupé. Les palefreniers la firent tomber à genoux. L'un d'eux ramena un seau plein d'eau et la saisit par la nuque. Leur intention était claire : ils allaient la noyer ! Elle rua de toutes ses forces. Il fallait absolument qu'elle leur échappe. Ils la frappèrent à coups de pieds, lui tirèrent les cheveux, et inexorablement, lui approchèrent le visage de l'eau. Elle avait beau résister, d'un coup sa tête plongea dans le seau. Le contact du liquide glacé lui causa un choc. Par réflexe, elle bloqua sa respiration et continua de s'arc-bouter pour se libérer, mais elle n'allait pas tenir longtemps. Dans quelques secondes elle ouvrirait la bouche, et les garçons l'immobilisaient toujours. Quelque chose de tiède s'écrasa sur son dos. Ne pouvant plus garder les lèvres closes, elle hurla sous l'eau. Des centaines de bulles remontèrent le long de ses joues. Elle se débattit, secoua la tête, lutta avec l'énergie du désespoir. Ses pieds patinaient sur le sol et les garçons pesaient impitoyablement sur ses épaules pour lui maintenir le nez dans le seau. Elle allait mourir !

Enfin, ils la tirèrent en arrière. Toussant, crachant, elle aspira l'air par grandes goulées avides. Quelque chose de mou s'étala sur sa figure. Des rires éclatèrent autour d'elle.

– Alors, fillette ? Comment tu te sens ? Ça te fait bizarre de prendre ton bain ?

Elle s'était assise par terre, ruisselante. Sa vue commença à s'éclaircir. Elle prit conscience de l'odeur, de sa propre puanteur. Elle se toucha la joue. Ses doigts s'enfoncèrent dans une matière chaude et molle. Du crottin ! Un gémissement dégoûté lui échappa, déchaînant les rires. L'humiliation d'être couverte d'excréments la blessa davantage que sa tête plongée dans le seau. Elle tenta de se relever pour se soustraire au regard de ses tortionnaires et à leur hilarité, mais d'un coup de pied un garçon la renvoya au sol.

– Pour une cavalière, tu ne vaux pas un clou, mais comme jument peut-être ? suggéra-t-il.

Il déplia un fouet, et Alix ne put retenir un hoquet de frayeur. Jamais elle ne parviendrait à esquiver le coup. La lanière la cinglerait en plein visage. Dans un réflexe de survie, elle se roula en boule.

– Arrêtez !

Avait-elle crié ?

Tout se figea. Elle se redressa un peu. Ses genoux tremblaient et elle douta de réussir à se lever. Entre les jambes des palefreniers, elle aperçut une silhouette immobile. C'était *lui* qui avait crié. Sa voix basse, furieuse, résonna de nouveau :

– Que lui avez-vous fait ? gronda Marcus.

Un silence de mort régnait dans l'écurie.

– Attends, Marcus, s'écria un des garçons. Ce n'était qu'un jeu. On ne lui a rien fait de mal.

Le fouet avait disparu. Marcus l'avait-il vu ? Alix gisait dans une flaque d'eau, couverte de crottin, et elle supposa que c'était suffisant pour accabler les palefreniers.

Marcus s'avança vers eux et cueillit le premier d'un coup de poing au menton. Le cri de son adversaire mourut en une expiration humide. Les autres reculèrent, mais Marcus réussit à en attraper un et le frappa du genou, en plein estomac. Le garçon s'effondra en grognant. Alix ne pouvait pas s'empêcher de regarder, à la fois fascinée et horrifiée. Marcus cognait avec une brutalité experte. Sous ses dehors gentils, il exprimait soudain une glaciale férocité. Elle se tendit vers lui, tremblante d'émotion. Il incarnait le prédateur qu'elle avait toujours voulu être depuis sa capture. Elle aurait voulu être lui pour se venger, pour les frapper. Les palefreniers détalèrent. Seul celui à la longue canine resta à terre, les doigts appuyés sur le nez.

Marcus tendit la main à Alix et la hissa sur ses pieds.

– Ça va ? demanda-t-il.

Elle hocha la tête. Oui, maintenant, elle allait bien.

– Je l'emmène aux thermes pour qu'elle se lave, dit-il au palefrenier. Elle ne pourra pas travailler cet après-midi et tu en es responsable. Je compte sur toi pour effectuer ses corvées.

Un long silence suivit les paroles de Marcus. Il ne quittait pas des yeux le garçon recroquevillé misérablement à ses pieds.

– Oui, d'accord… marmonna ce dernier.

En cet instant, la jeune fille sentit sa haine s'embraser comme une torche et une gratitude venimeuse l'attacha à Marcus.

Chapitre 12

Alix se débarbouilla du mieux qu'elle put avec l'eau du seau. Marcus l'attendait, adossé à un mur, les bras croisés.

– Tu es sûr que je peux sortir ?

– Tu y es obligée, Alix, répondit-il simplement. Tu dois te laver.

– C'est ce que je fais.

– Je veux dire : te laver vraiment. Et tu dois faire nettoyer ta tunique aussi.

– Et pour Flaccus ?

– Je lui parlerai.

Elle opina en silence. Avec l'aval du fils du chef, elle ne risquait pas grand-chose… Du moins, tant qu'elle n'essayait pas de s'enfuir.

Ensemble, ils franchirent les portes de la faction et la jeune fille éprouva un léger vertige quand elle se retrouva dans les rues de Rome. Elle était seule avec

Marcus. Et à présent, elle n'avait pas envie de le quitter. Il l'avait protégée. Il l'avait vengée.

– Je suis désolé pour ce qui t'est arrivé, dit-il à Alix. J'aurais voulu pouvoir empêcher ça.

– Merci, mais tu en as déjà beaucoup fait. Ce que tu leur as dit…

– Ça me regarde, la coupa-t-il. Je peux me permettre un certain nombre de choses ici, j'ai fait mes preuves. Mais toi, tu dois être très prudente. Tu es en danger, tu comprends ? Le monde des courses est un univers dur. La concurrence est exacerbée. Tu es douée. C'est ça qui les insupporte. Tu t'es fait beaucoup d'ennemis en choisissant de les défier.

– Je ne veux pas être leur amie.

Il opina pensivement.

– Il va falloir te battre, reprit-il. Sinon, ils ne te lâcheront pas.

– Je n'ai pas ta force, répondit-elle, dépitée. J'ai essayé de me défendre, mais ils étaient trop nombreux.

– Je ne te parle pas de bagarres entre garçons d'écurie, mais de compétition, Alix. Monte le fulgur noir, entraîne-le, soyez les meilleurs, et tous s'écraseront devant toi. Deviens une cavalière.

– Je ne peux pas, répondit-elle en secouant la tête. Tu as bien vu ce qui s'est passé sur la piste.

– Ce n'était rien ! Tu l'as monté, Alix, et vous avez galopé…

Il fit onduler ses doigts, l'air rêveur.

– … à une allure folle !

– Je suis tombée.

– Et tu remonteras en selle. Je t'aiderai.

– Il y a une autre solution, hasarda-t-elle.

– T'enfuir ? Me fausser compagnie ? Je ne te laisserai pas faire.

Elle sursauta.

– Tu es horrible !

– Non, tu ne comprends pas ! s'exclama-t-il en lui saisissant la main.

Ils s'arrêtèrent au beau milieu de la rue. Les gens les contournaient et se déversaient autour d'eux, comme s'ils étaient un rocher au milieu d'une rivière.

– Je veux te protéger, Alix. Si tu t'enfuis, Caius te traquera. Il enverra ce monstre de Cornélius sur tes traces et crois-moi, il te retrouvera et alors…

Il s'interrompit, une ride creusée au milieu du front, pour chercher ses mots.

– Je ne veux pas qu'il t'arrive du mal, conclut-il.

Elle ne répondit rien et pendant un moment, ils marchèrent en silence. Ils traversèrent le Forum. La foule était dense, mais ils progressaient sans effort. Tout le monde se bousculait autour d'eux, pourtant, personne ne touchait Marcus. On s'écartait sur son passage. Un murmure admiratif les accompagnait. Tous reconnaissaient le champion des Rouges. Alix éprouva soudain une bouffée de rancœur : Marcus la sermonnait et à côté de lui, elle ressentait encore plus violemment son statut d'esclave anonyme. L'arrivée aux thermes la sortit de ses pensées orageuses.

– Tu iras du côté des femmes, lui dit Marcus. Je ne pourrais pas rester avec toi.

Sur le seuil du bâtiment, une fille leur fit signe. Marcus encouragea Alix :

– Vas-y. Je vais payer à l'entrée et on se retrouve ici tout à l'heure.

La jeune fille suivit la petite esclave, hésitante. Elle se sentait un peu perdue dans le vaste édifice, misérable et crottée. Elles traversèrent une salle où des femmes se baignaient. Sur des bancs de marbre, d'autres conversaient, les jambes étendues. L'air surchauffé tremblait. Une légère vapeur emplissait la pièce. Sur le toit, la pluie se mit à crépiter. Alix trouva le son presque agréable alors qu'elle était à l'abri, au chaud.

Ce bref sentiment de bien-être s'effrita lorsque l'esclave l'aida à retirer sa tunique. Elle eut de la peine pour elle, mais la petite ne manifesta aucun dégoût à la vue des vêtements maculés et ne posa aucune question. Alix avait envie de l'interroger : d'où venait-elle ? Comment était-elle arrivée à Rome ? Elle s'imagina tout à coup fomenter une révolte dans les thermes. Mais la fille baissa les yeux, soumise, et un frisson d'horreur parcourut Alix. Allait-elle devenir comme ça elle aussi ? Les Romains réussiraient-ils à la faire abdiquer ?

L'esclave l'accompagna jusqu'à un bain. Alix s'enfonça avec délice dans l'eau brûlante. Son corps tordu par les crampes, bleui par les coups, se détendit dans la chaleur. Ses muscles se relâchèrent. Elle roula sur le dos et se laissa flotter, fixant les gouttes de pluie qui s'écrasaient sur le plafond en verre. La crasse se détachait de son corps, se diluait dans l'eau.

Comment en était-elle arrivée là ? Malgré le meurtre de son père, elle s'était relevée. Depuis, elle se battait tous les jours. Pour quoi, exactement ? Quelle raison avait-elle de vivre ?

Bizarrement, elle pensa à Marcus. Puis à Ira.

Le monde était cruel et, à la fois… beau.

Troublée, la jeune fille quitta le bassin. La petite esclave l'essuya avec une serviette rugueuse, puis l'invita à s'allonger sur une table de marbre où elle la frotta vigoureusement, la massa et assouplit sa peau avec de l'huile.

Quand Alix sortit des thermes, dans sa tunique lavée, elle se sentait légère, fraîche et reposée pour la première fois.

– C'était bien ? demanda Marcus avec l'ombre d'un sourire.

Elle soupira d'aise.

Il se pencha sur elle et respira le parfum de ses cheveux.

– Tu ne sens plus le cheval, dit-il. Dommage.

Elle rit. Inexplicablement, elle rit. Elle n'était plus vraiment elle-même. Une partie de sa colère, de son ressentiment, s'était dissoute dans l'eau chaude des thermes.

– Tu veux voir le circus Maximus ? demanda son compagnon.

Il la conduisit au pied de l'hippodrome. L'averse

avait cessé et Alix le détailla avec attention, surprise de le découvrir plus grand que dans son souvenir.

Comme la première fois, des gens les acclamèrent avec enthousiasme.

– Allez, les Rouges ! crièrent-ils. Vive les Rouges !

Marcus leur adressa un petit geste et guida Alix à l'entrée de l'édifice. En échange d'un sesterce, le gardien les laissa pénétrer dans le cirque désert.

Le gigantisme du bâtiment arracha à la jeune fille un cri de surprise. Jamais elle n'aurait imaginé l'hippodrome aussi immense. Les gradins en marbre montaient jusqu'à une hauteur vertigineuse.

– Le circuit est interminable, dit-elle, impressionnée.

– Il fait un demi-mille de long, expliqua Marcus.

La piste d'acier, bosselée par le galop de milliers de fulgurs, rutilait dans la lumière pâle de l'après-midi.

– Pourquoi y a-t-il un mur au milieu du champ de courses ? demanda Alix. C'est bizarre, non ?

– C'est la *spina*. Les fulgurs la longent et doivent négocier de dangereux virages autour des bornes aux deux extrémités. Il faut les serrer pour ne pas perdre de temps. Mais il ne faut pas les toucher non plus, sinon tu risques la chute.

– Et cette sorte de tour au centre ? Qu'est-ce que c'est ?

– On l'appelle l'obélisque. Pendant les courses du Déluge, la foudre est attirée par elle et ne tombe pas sur les spectateurs. L'énergie est ramenée au sol et alimente la piste.

– Alors elle est électrifiée ?

– Bien sûr. Elle décuple les forces des fulgurs et ainsi, ils peuvent galoper au maximum de leur vitesse.

– Peut-être, mais si tu tombes…

– Tu grilles !

La pointe dorée de l'obélisque culminait à une hauteur folle. Tout le long de la barrière s'alignaient des autels, des chapelles, des statues, et sur une colonne de marbre vert…

– Des poissons ?

– Ce sont des dauphins ! s'esclaffa Marcus. Ils servent à compter les tours. À chaque passage, on en baisse un. De l'autre côté, il y a la même chose, avec des œufs.

– Il y en a sept…

– Pour les sept tours de piste à effectuer.

– C'est beaucoup !

– Quand tu es sur ton cheval, le temps passe très vite, crois-moi.

Marcus s'assit sur les gradins. Alix essaya de compter le nombre de places, puis renonça devant l'ampleur de la tâche. Marcus qui avait vu ses lèvres remuer devança sa question :

– Cent cinquante mille spectateurs peuvent s'installer ici.

– Ceux qui sont assis tout en haut ne doivent pas voir grand-chose.

Le jeune homme haussa les épaules.

– Et ils doivent se faire rincer par la pluie, ajouta la jeune fille, un peu agacée par sa désinvolture.

– Les gens sont fous des courses. Même à midi, personne ne bouge de peur de se faire voler sa place. Ils viennent très tôt et déjeunent ici pour le seul plaisir de nous voir courir.

Elle s'assit près de lui et leurs bras se frôlèrent. Pendant un instant, elle ne put rien dire. La présence du garçon à côté d'elle la perturbait.

– Ces portes multicolores, là-bas, qu'est-ce que c'est ? demanda-t-elle finalement.

– Ce sont les *carceres*, les stalles de départ où sont enfermés les fulgurs et les cavaliers juste avant la course. Au signal du départ, les portes en bois s'ouvrent toutes en même temps pour laisser sortir les chevaux.

Il se tut un court instant. Alix profita de la paix de ce moment. Elle avait même fermé les yeux lorsque la voix de Marcus la fit sursauter :

– Ce que j'ai dit ce matin à propos de l'offre des Bleus… commença-t-il.

– C'était vrai ?

Il acquiesça, l'air absorbé.

– Alors tu pourrais changer de faction… juste comme ça ?

– Cela arrive souvent. Dioclès, l'un des cavaliers les plus connus des courses du Déluge, a porté les couleurs de quatre factions différentes.

– Mais…

– C'est l'argent qui régit ce monde, Alix. Les Bleus paieront cher pour mon transfert.

– Et Caius, qu'en dit-il ? voulut savoir la jeune fille. Pourquoi te laisserait-il partir si tu es son meilleur cavalier ?

– C'est justement parce que je suis le meilleur que je peux faire pression. On ne retient pas un champion contre son gré.

– J'ai du mal à l'imaginer…

– Eh bien, je peux ralentir mon cheval dans la dernière ligne droite pour rater la première place. Je peux miner l'ambiance de la faction, démoraliser les autres cavaliers, créer tout un tas de problèmes… N'importe quel propriétaire préférera céder son champion en échange de milliers de sesterces plutôt que d'encourir le risque d'aligner de mauvais résultats.

– Alors, c'est sérieux. Tu partirais…

Un vide lui creusa l'estomac. Elle ne comprenait pas exactement ce qui remuait en elle. Sa gentillesse ne devait pas l'aveugler : le fils du chef restait aussi inaccessible que les étoiles. Pourtant, l'intensité avec laquelle il la dévisageait la fit rosir. Sans qu'elle sache comment, sa main se retrouva dans celle du garçon. Le pouce de Marcus caressa son poignet, et traça de petits cercles doux sur sa peau.

– Là, tout de suite, je n'ai pas très envie de quitter les Rouges, répondit-il.

Le cœur d'Alix cognait à grands coups dans sa poitrine. Elle ne retira pas sa main et ils restèrent ainsi, face à face. Elle n'osait pas bouger, de peur de rompre quelque chose. Au moment où elle crut qu'il allait l'embrasser, il se détourna et replia le bras. Elle se sentit étrangement déçue.

– On devrait rentrer, dit-il, histoire de vérifier que le palefrenier a bien accompli ton travail.

– D'accord.

Elle se leva un peu trop vite et se mordit la lèvre de dépit : il allait penser qu'elle le fuyait ! Tout en descendant les gradins, elle demeura silencieuse, étourdie par ses réflexions, mais ne put retenir plusieurs coups d'œil, lancés vers Marcus à la dérobée.

Les boutiques étaient en train de fermer quand ils sortirent de l'édifice. Le garçon fureta près des étals. Sur la toile cirée, des reproductions de mains, de pieds, d'oreilles en argile étaient exposées.

– Qu'est-ce que tu cherches ? demanda-t-elle.

– Un objet votif.

– Un quoi ?

– C'est pour faire une offrande aux dieux.

– Je ne te savais pas superstitieux.

– Je suis croyant, rectifia-t-il en examinant une statuette de centaure en bronze. Sans la protection des dieux, je ne gagnerai pas les courses du Déluge.

L'étonnement la rendit muette. Ainsi ce garçon si sûr de ses compétences s'en remettait aux divinités !

– Les cavaliers sont tous comme ça ? Enfin, je veux dire : pieux ?

– Bien sûr.

Il se tourna vers elle, un petit objet au creux des mains.

– Qu'est-ce que tu penses de cette reproduction ?

Elle saisit délicatement la statuette. Elle représentait Pégase, l'encolure arquée, les ailes déployées.

– Elle est magnifique.

– Je te l'offre.

Avec douceur, il referma ses doigts sur son cadeau.

– Mais et toi…

– Je prends le centaure, décréta-t-il.

Chapitre 13

De la paille piquée dans ses cheveux rouges, le corps moulu par les courbatures, Alix s'éveilla péniblement à l'aube. La grisaille bouchait le ciel. Une légère bruine tombait des nuages, comme d'habitude. Frissonnante, elle traversa la cour. Sur le visage des palefreniers qu'elle croisa, elle lut de la haine et du dépit. Alors qu'elle entrait dans le réfectoire, la jeune fille sentit une attention malveillante peser sur elle. Les garçons la considéraient d'un air morose. Pourtant, aucun ne bougea. La protection de Marcus planait encore sur elle, et malgré sa lassitude, elle en éprouva une pointe de satisfaction.

Elle travailla toute la journée, houspillée par Flaccus, hantée par le fulgur noir. L'entraîneur lui interdisait de s'en occuper. Cette situation absurde où elle devait accomplir ses tâches sans jamais s'approcher des chevaux l'enrageait. Même si elle avait confiance en Marcus, elle refusait d'abandonner l'étalon d'orage aux Romains.

Alix passa une mauvaise nuit, à se tourner et se retourner sur sa paillasse. À plusieurs reprises, elle se leva pour se tapir dans l'embrasure de la porte, mais à chaque fois, le gardien était là, à s'acquitter de ses rondes.

Le lendemain, elle ruminait encore tout en accomplissant ses corvées. Elle était en train d'accrocher des brides à leur clou, quand Marcus apparut. Il s'adossa au mur et la regarda travailler, les yeux mi-clos, l'air fier de lui. Très vite, la jeune fille perdit patience :

– Qu'est-ce qu'il y a de si amusant ? grommela-t-elle.

– Rien. Je suis juste content.

– Je brûle d'en connaître la raison. Tu as vu une coccinelle ? Un nuage un peu joli ? Niobé t'a donné un gâteau au miel ?

– Ça te concerne directement ! l'interrompit-il.

Elle se raidit, plus attentive tout à coup.

– Alors dis-le, à la fin !

– Je veux que tu entraînes le fulgur noir avec moi.

Les doigts d'Alix se crispèrent sur la bride qu'elle tenait.

– C'est vrai ?

– Bien sûr ! Il faut le mettre sérieusement au travail maintenant. Les devins-tonnerre prévoient une tempête dans quelques semaines. Les Jeux du Déluge approchent et je veux l'y emmener. Mais pour ça, je dois pouvoir lui faire confiance, et ça, je n'y arriverai qu'avec ton aide.

Sous le coup de la surprise, Alix resta muette. Elle

affichait un air si pensif que le bel enthousiasme de Marcus se fana :

– Quoi ? s'enquit-il. Tu vas refuser ?

Il paraissait déçu et amer, et la jeune fille en fut touchée. Marcus était le seul à lui laisser le choix. Il pouvait facilement exiger sa collaboration. Il pouvait tout lui arracher, tout obtenir. Mais il demandait. Humblement.

Elle esquissa un petit sourire.

– Évidemment, j'accepte, dit-elle. Mais il y a un problème.

– Lequel ?

– Flaccus.

– Il te dispense de la moitié de tes corvées. Tu travailleras le matin aux écuries, mais l'après-midi, tu entraîneras le cheval avec moi.

Alix arrondit les yeux.

– Tu as déjà négocié ? Tu étais donc certain que j'allais accepter ta proposition ?

– Eh bien oui, concéda Marcus d'un air gêné.

Elle ne put s'empêcher de sourire.

– Quand commence-t-on ?

– Tout de suite, si tu veux.

– Je vais chercher Ira !

Le pas léger, elle entra dans l'écurie. Enfin, elle pouvait libérer l'étalon. Il était enfermé dans la cage de Faraday depuis des jours et personne n'avait osé l'approcher. Elle se réjouissait à l'idée de lui offrir ce cadeau : un instant de galop, de liberté. Comme l'autre fois, il l'emporterait à pleine vitesse sur la piste. Les battements de son cœur s'accélérèrent à cette perspective. Elle colla son oreille à la porte de la boîte. Pas un bruit ne troublait le silence.

Il est attaché, se remémora la jeune fille. *Ils ont dû lui remettre les chaînes...*

Elle fit coulisser les verrous et entra dans la cage obscure. Dès que son pied frôla le sol de métal, un fourmillement lui picota la jambe, criblant sa chair de coups d'épingle. Ses cheveux se gonflèrent. Les poils de ses bras se hérissèrent. Deux yeux s'allumèrent dans le noir. Deux yeux qui brillaient comme des lampes. Une lueur pâle se diffusa dans la cage.

Alix ravala bruyamment son air.

Ce n'était pas un cheval qui lui faisait face, mais un démon. Le fulgur avait brisé ses chaînes. Déformé par les coups, l'énorme collier d'acier était bosselé autour de ses épaules puissantes. Trois maillons tordus y pendaient. Le reste, en partie fondu, jonchait le sol noirci de la cage. Les murs étaient également calcinés, couverts d'impacts.

– Attention !

Deux bras ceinturèrent la jeune fille pour la tirer en arrière.

– Non, lâche-moi, Marcus ! cria-t-elle.

– Il va attaquer !

– Non !

Elle se débattit afin de s'arracher à son étreinte, et finalement, lui asséna de toutes ses forces un coup de coude à l'estomac. Le garçon la libéra, le souffle coupé. Elle s'élança vers Ira au moment où il allait décharger son énergie. Une puissante odeur d'ozone saturait l'air. De minuscules arcs électriques traçaient leurs zigzags dans les ténèbres de la boîte. Il pouvait la tuer, là, tout de suite.

Elle se jeta contre son poitrail, et enserra l'énorme encolure. Ses cheveux se mêlèrent aux crins. Sa joue s'écrasa contre la chair noire, brûlante d'énergie.

– C'est moi, murmura-t-elle. Je suis avec toi. Avec toi.

Dehors, le tonnerre gronda longuement. Le cheval frémit et elle recula un peu pour le regarder. À travers les lucarnes poussiéreuses de l'écurie, un éclair illumina pendant une seconde le profil du fulgur : ses yeux étaient écarquillés, ses naseaux dilatés. Des frissons agitaient ses flancs. Mais il ne bougeait plus.

– Tu l'as fait… murmura Marcus. Tu as réussi à le calmer. Je vais chercher un licol, ajouta-t-il à voix très basse. On va essayer de lui passer un mors.

– Non. Pas de mors. Pas maintenant.

Un nouvel éclair claqua, suivi d'un roulement de tonnerre. Ira se balança d'une jambe sur l'autre en secouant la tête.

Alix lui caressa l'épaule.

– Je comprends, chuchota-t-elle.

Il voulait sortir, courir, se faire percuter, traverser, inonder par la puissance électrique des éclairs. Bien sûr, si elle lui accordait cela, il deviendrait fou de vitesse. Il s'élancerait dans un galop éperdu, incontrôlable.

Et alors ? songea-t-elle. *Suis-je comme eux pour vouloir l'enfermer ? Pour vouloir me l'attacher ?*

Elle recula pour lui livrer passage.

– Va ! déclara-t-elle. Va, tu es libre !

– Non ! s'écria Marcus.

Il esquissa le geste de s'interposer entre la porte et l'étalon, mais Alix le bouscula juste à temps. Le cheval les dépassa en trombe pour jaillir dehors. Excité par l'orage, son énergie bouillonnait dans ses veines. Il gambada et rua, heureux de profiter de sa liberté.

– Es-tu sûre de savoir ce que tu fais ? demanda Marcus avec anxiété.

– Viens, lui proposa-t-elle simplement.

Ils rejoignirent le fulgur sous l'averse. La foudre ramifiait le ciel noir. L'air était chargé de sa puissance, de son odeur. En un instant, la pluie trempa la tunique d'Alix, aplatit sa chevelure. Elle suivit du regard le mastodonte : on aurait dit une flamme sombre poussée par le vent.

– Ce nom que lui a donné Caius… remarqua-t-elle tout à coup.

– Ira ?

– Il signifie « la colère », n'est-ce pas ?

– C'est vrai.

Elle se détacha de son compagnon d'un bond, pour se porter vers l'animal en furie.

– Allez ! Va ! Ira, Ira !

Mais au lieu de continuer à foncer à travers la cour, le cheval se retourna vers elle et la chargea.

– Alix ! s'écria Marcus.

Pas plus que ce jour-là, quand elle était enfant, elle ne bougea. Elle fit face, sereine. Au dernier moment, l'étalon fit un écart pour éviter la jeune fille. Le souffle de sa masse, lancée au grand galop, lui fouetta le visage, mais le tonnerre grondait si fort qu'elle entendit à peine le claquement des sabots sur le sol. Même le mugissement des cors de la ville était étouffé. Une clarté fantomatique baignait la cour.

– Ira !

Il volta et galopa de nouveau à sa rencontre pour l'esquiver à la dernière seconde. Sa robe luisait, ondoyante comme de l'eau. Il respirait la force, la violence. Pouvait-il la foudroyer ? La réduire en un petit tas de cendres brûlantes ? Elle se rendit compte qu'elle s'en fichait.

Pour la troisième fois, il fondit sur Alix. Le bout des doigts de la jeune fille effleura son flanc soyeux avant qu'il ne se dérobe.

– Ira !

La tristesse et la colère qui ne la quittaient jamais se diluaient en une émotion étrange : l'ivresse de voir ce titan danser autour d'elle. Il était si beau, si puissant. Il pouvait la piétiner et au lieu de ça, il virevoltait, comme pour l'inviter à entrer dans son jeu. Bêtement, elle se mit à sautiller, à l'accompagner en pas chassés. Elle courut à ses côtés. Il la dépassa, revint vers elle, repartit d'un saut. Parfois, elle réussissait à le toucher et un long frisson agitait sa robe moirée. Elle était comme lui : une danseuse d'orage.

Saisie d'une intuition, elle leva les bras. Une fois, deux fois. Le cheval se cabra et elle éclata de rire. Soudain, elle se sentit très vivante et pleine de joie. Elle rit, courut avec l'animal, libre enfin. Rien ne l'entravait. Personne ne lui criait dessus ni ne lui donnait des ordres. Elle jouait, légère, et le colosse folâtrait à ses côtés.

– Vole, Ira !

Elle perdit le fil du temps. Plus rien ne comptait, sauf les éclairs, la pluie, la liberté. Elle avait même oublié Marcus. Si le cheval ralentissait, elle courait vers lui pour l'inciter à repartir et il galopait en secouant la tête.

Finalement, hors d'haleine, elle s'arrêta, les mains sur les cuisses, aspirant l'air à grandes goulées. Les cors de Rome s'étaient tus. L'orage s'éloignait. La pluie était moins dense déjà, et le roulement du tonnerre plus qu'une rumeur. Le cheval cessa de galoper. Doucement, il s'approcha de la jeune fille. Elle tendit sa main brûlée et le souffle chaud du fulgur lui tiédit la paume. Un sourire éclaira son visage fatigué. Sans doute l'avait-on vu. Elle n'avait pas été particulièrement discrète, à pousser ainsi des cris de folle. Son sourire s'élargit.

Elle flatta l'épaule du fulgur. Couvert de boue jusqu'au poitrail, il encensait nerveusement, mais son corps rayonnait d'énergie. La course ne l'avait guère affecté. Au contraire, elle trouva dans son œil flamboyant une flamme qu'elle n'avait plus remarquée depuis sa capture. Dans le galop, il avait conquis une part de sa liberté. Cette révélation fit chavirer le cœur de la jeune fille. Submergée par l'émotion, elle enserra l'encolure d'Ira et enfouit son visage dans sa crinière humide. Il était chaud, odorant, puissant.

– Alix, intervint Marcus. Il faut qu'on bouge. La pluie va bientôt cesser.

Elle se tourna vers son ami, un peu surprise de le trouver là, ruisselant, mais serein.

– Si Flaccus nous pince ici, ça va mal se passer, poursuivit-il sans se départir de son calme. Il faut qu'on rentre Ira.

Il fit une pause, l'air rêveur, puis ajouta en souriant :

– C'était bien, Alix. C'était vraiment bien.

La jeune fille s'assombrit. Bien sûr, il avait raison, mais la perspective d'aller chercher un licol l'inquiétait. Elle pouvait tout gâcher en une seconde…

La pluie cessa tout à fait. Le vent soufflait dans la cour, froid et humide. Les nuages s'effilochèrent et de pâles rayons de soleil se promenèrent sur les pavés luisants.

Alix se dirigea vers l'écurie. Un claquement de sabots résonna derrière elle. Le cheval la suivait sans hâte.

Surprise, elle s'arrêta. L'étalon se figea aussitôt.

– Qu'est-ce que tu fais ? Tu viens avec moi ?

Elle repartit vers l'écurie, le cœur battant. Marcus n'esquissait pas un geste, la respiration suspendue. Le cheval emboîta le pas de la jeune fille.

Le soleil inonda la cour silencieuse. Ira et Alix marchaient l'un derrière l'autre.

Chapitre 14

Plusieurs jours passèrent, durant lesquels Alix et Marcus apprivoisèrent Ira. Ils ne l'enfermaient plus dans la cage de Faraday. Ils s'étaient même débarrassés du collier d'acier. Leur relation était empreinte de douceur, de lenteur, d'un geste furtif, d'une caresse fugace, jusqu'à l'explosion de vitesse et au déchaînement d'énergie du fulgur. Alors il galopait, encouragé par ses jeunes amis. Ils ne le montaient pas. Ils ne le brusquaient pas. Puis un jour, Marcus décida qu'il était temps.

La pluie tombait à verse quand Alix sortit des écuries, vêtue en cavalière. Sur les conseils du garçon, elle avait tressé ses cheveux, et ceint un casque. L'averse froide crépitait sur le cuir de sa tunique. Ses bottes soulevaient des gerbes d'eau. Le poids de son équipement la rassurait, mais son cœur battait fort contre ses côtes : à l'excitation se mêlait une pointe d'appréhension. Elle se hâta vers la piste d'entraînement.

Marcus avait préparé Ira. Il lui tenait la tête, près de

la barrière, et leurs deux silhouettes se dessinaient dans la pénombre, enveloppées de pluie. Le cheval se débattait un peu. Il grattait le sol du sabot, agitait la crinière et mâchait sans relâche le mors qu'on lui avait glissé dans la bouche. Sa robe luisait comme une pierre noire.

À sa vue, le cœur d'Alix se pinça. Jamais elle n'avait voulu ça pour lui, la bride, le mors, la servitude… De sombres pensées enflèrent en elle, la ramenant à sa solitude, à la mort de son père et à son statut d'esclave.

Pas maintenant, s'imposa-t-elle.

Elle souffla pour faire le vide dans son esprit. Ce n'était pas le moment de douter. Elle devait se concentrer sur Ira. Être disponible pour lui. Doucement, elle se mit à fredonner et le cheval, intrigué, pointa les oreilles dans sa direction. Elle s'approcha de lui, toucha son épaule en chantonnant. Les yeux de l'étalon vacillèrent. Le mors cliqueta entre ses mâchoires.

– Tu as peur ? demanda Marcus.

– Non.

Elle se rendit compte qu'elle était sincère.

– Ça va aller, ajouta-t-elle. Tout va bien se passer.

– Alors, en selle.

Il lui saisit la jambe pour l'aider à monter et elle décolla du sol, légère comme un oiseau, pour s'installer sur le dos du fulgur. Marcus lui tendit les rênes. Dans les courroies de cuir frémissait la puissance contenue de la bête. Un bourdonnement d'énergie remontait dans les mains d'Alix, jusqu'aux coudes. Elle plissa les yeux. La pluie noyait la piste, au point qu'elle en distinguait à peine la ligne. Le terrain serait lourd et collant aujourd'hui. Des conditions difficiles, mais risibles en comparaison de l'hippodrome de métal, pilonné par la foudre, dans lequel Ira serait bientôt introduit.

Marcus recula, observant son amie avec une intensité troublante. Elle se secoua. Il fallait décidément qu'elle se concentre ! Seul Ira comptait. Elle rassembla les rênes et d'une pression de la jambe, incita sa monture à avancer.

Le cheval se cabra de toute sa hauteur.

Alix poussa un jappement de frayeur, mais aussitôt, elle se pencha sur l'encolure. Le fulgur retomba lourdement sur ses antérieures. Les mâchoires de la jeune fille s'entrechoquèrent. Elle resta cramponnée à la crinière, les muscles tétanisés.

– Respire ! cria Marcus.

Elle s'exécuta. Doucement. Lentement. Puis elle redressa la colonne pour se grandir. Ses jambes enserrèrent les flancs de son cheval.

– Voilà, c'est très bien, approuva le garçon. Si tu as peur, tu ne pourras pas communiquer avec lui.

– Je sais, maugréa la cavalière entre ses dents. Je fais ce que je peux. Ce n'est pas facile !

Le fulgur se dressa de nouveau sur ses postérieures, mais un peu moins haut. Alix le reprit en main. Ses muscles absorbèrent le petit choc de la descente, et elle rectifia son assiette avec davantage de souplesse.

– C'est ça, détends-toi. Concentre-toi sur le présent.

N'imagine pas le pire. Sois juste là, avec moi, et avec Ira. Ici et maintenant, d'accord ?

– Ici et maintenant, répéta-t-elle.

– Pense à lui. Seulement à lui.

La jeune fille ferma les yeux et ses mains se détendirent. Elle donna du mou aux rênes. Le cheval se mit à avancer au pas.

– C'est très bien ce que tu fais, l'encouragea Marcus. Laisse tes gestes s'exécuter tout seuls. Tu les connais. Tu sais monter, Alix. Ne laisse pas la peur entraver tes mouvements. Tu vas y arriver.

Elle releva le menton et inclina les épaules vers l'arrière, se focalisant sur la piste qui se déroulait devant elle, entre les oreilles en cornet de sa monture. Ira accéléra sensiblement. Elle se sentait bien, à sa place. Marcus avait raison : elle savait monter.

– C'est parfait, approuva le garçon. Je vais te rejoindre maintenant.

Il se hissa en croupe avec légèreté. Surpris, Ira bondit en avant, et pour assurer son équilibre, Marcus passa son bras contre la hanche d'Alix afin d'empoigner la crinière. La jeune fille tressaillit. Le torse du garçon appuyait sur son dos et ses épaules. Son souffle jouait dans ses cheveux. Embarrassée, elle s'avança de quelques centimètres sur le garrot du fulgur.

– Attention, tu vas le gêner, contra Marcus, garde une bonne assiette, fais-toi oublier de lui.

Elle ouvrit la bouche pour riposter, mais le trot

soudain du fulgur lui hacha la respiration. Elle ravala sa réplique, furieuse.

– Ce n'est pas très confortable, commenta Marcus. On va tenter une accélération.

Elle acquiesça, et du mollet appuya plus fort. Le cheval allongea ses foulées. Le rythme de ses sabots se précipita sur trois temps. Le vent s'engouffra dans la tunique d'Alix. Elle lâcha les rênes d'une main pour tenir son col fermé.

– Qu'est-ce que tu fais ? cria Marcus pour se faire entendre par-dessus le vacarme de la course. Tiens-toi !

Et sans attendre de réponse, il annonça :

– On accélère !

Cette fois, ce fut lui qui donna de la jambe dans les côtes du fulgur, et l'allure devint vertigineuse. Jamais Alix n'avait fait l'expérience d'une telle vitesse. Le grondement des sabots sur la piste était assourdissant. Le vent lui coupait le souffle. La pluie lui cinglait le visage. Elle se laissa embarquer, incapable de contrôler quoi que ce soit, aussi faible et effrayée qu'une enfant. Le cheval était emballé, il allait la précipiter par terre, la fracasser sur la piste devenue floue. Puis la voix calme de Marcus résonna dans sa tête et elle se répéta comme un mantra :

N'imagine pas le pire. Sois juste là. Ici et maintenant.

Elle se concentra sur Ira, sur le ronflement de son souffle, sur le cliquetis du mors entre ses dents. Il n'avait pas tenté de la faire tomber. Il n'avait pas rué. Peu à peu, le corps de la jeune fille se détendit tandis que la peur la quittait. Son bassin épousa le mouvement de l'animal.

Elle accompagna son rythme en souplesse, redressa le dos et se cala presque naturellement contre la poitrine de Marcus, qui continuait de se tenir d'une seule main.

C'est finalement lui qui fit ralentir l'étalon.

– Pourquoi s'arrête-t-on déjà ? demanda Alix.

– Je suis désolé, mais il faut que j'essaie seul. Nous n'allons pas assez vite.

Alix se raidit entre ses bras, et l'espace d'une seconde, un voile rouge lui brouilla la vue, une colère terrible réchauffa son ventre. Comme il s'était moqué d'elle ! Une fois de plus, elle avait servi d'appât pour faire la conquête du cheval sauvage. Comment avait-elle pu être aussi aveugle ? Le garçon l'avait utilisée pour dompter l'étalon, et maintenant, il la chassait.

Mortifiée, elle repensa à sa main dans la sienne, à son pouce sur sa peau. Il l'avait écoutée, il l'avait défendue des palefreniers, il lui avait même offert cette stupide statuette qu'elle chérissait en secret, la nuit, sur sa paillasse… Mais depuis le début, c'était le cheval qu'il voulait. Et qu'aurait-elle dû attendre d'autre ? Après tout, il était le fils de Caius…

D'un saut, elle rejoignit le sol trempé et courut vers la lice. Elle ne voulait plus avoir affaire à lui. Plus jamais.

– Alix, attends ! s'écria-t-il. Qu'est-ce qui te prend ?

Elle se faufila sous la barrière sans répondre et jeta son casque dans la boue. Les larmes embuaient ses yeux. Elle voulait partir, se terrer dans l'écurie, se blottir quelque part dans un coin sombre, loin de Marcus, et loin d'Ira.

– Alix ! Arrête, tu es ridicule !

Elle continua sans se retourner, mais soudain, une pensée terrible la traversa : elle désirait qu'il la suive, qu'il saute à terre pour la rejoindre et la retenir. Sans les gants en cuir, ses ongles se seraient plantés dans ses paumes. Pourquoi ne venait-il pas ? Pourquoi sa main ne se posait-elle pas sur son épaule ? Furieuse, elle fit volte-face. Marcus la regardait depuis la piste, triste et désemparé, mais toujours à cheval. Amère, Alix évalua la distance qu'elle avait creusée entre eux. Plus rien ne pourrait la combler désormais.

Pourtant, il se méprit sur son geste. Sans doute pensait-il qu'elle s'était ravisée, qu'elle comprenait… Il lui dédia un petit signe de tête reconnaissant et rompit le contact visuel pour se concentrer sur le fulgur. Le regard fixé entre les oreilles d'Ira, il le fit passer au trot.

Alix se sentit piégée. Elle ne pouvait plus partir. Pas maintenant. Il fallait qu'elle regarde jusqu'au bout. Qu'elle sache.

Contrairement à elle, Marcus ne se cramponnait pas aux rênes. Il se servait de ses jambes et du poids de son corps pour se faire comprendre, tout en équilibre et en douceur. Il effectua une volte au centre de la piste et le fulgur se rassembla sous lui. L'étalon et le cavalier évoluaient avec une aisance surprenante, comme s'ils se connaissaient depuis toujours et Alix ne put empêcher la jalousie de lui brûler le ventre.

Marcus serra les mollets ; le cheval prit le galop, accéléra, vola sur la piste. Malgré la vitesse sidérante de sa monture, le garçon se tenait droit. Sa main était douce et légère, tellement différente de celle d'Alix. Toute son attitude respirait l'harmonie... Mais surtout, il était heureux. Heureux de chevaucher le fulgur, heureux de ne faire qu'un avec lui. Contrairement à elle, il était libéré de la peur, du ressentiment, du vouloir... Aucune émotion négative n'altérait son équitation, sensible et intuitive.

L'amertume envahit Alix. Depuis sa capture, Ira avait représenté son seul espoir, la terre sous ses pieds, et voilà que le Romain le lui volait. Ses dents grincèrent tant elle serrait les mâchoires. La colère bouillonnait en elle. C'était plus qu'elle n'en pouvait supporter. Elle se détourna de la piste et fonça dans la direction opposée. Désormais, elle était seule.

Chapitre 15

Suivi par Ira, Marcus rejoignit Alix dans la tiédeur moite de l'écurie. Il pleuvait toujours et l'averse crépitait sur le toit du bâtiment. Les lanternes couvertes de toiles d'araignée, toutes éteintes, plongeaient l'allée dans la pénombre. Le garçon ôta son manteau dégoulinant pour le suspendre à un crochet, avant de se laisser tomber à côté de la jeune fille, sur une botte de paille.

– Ça va ? demanda-t-il. Ça t'a fait du bien ? Tu es calmée ?

– Quoi ?

Elle ne put s'empêcher de relever sur lui ses yeux rougis. Les muscles contractés, elle visualisait déjà la trajectoire de sa main pour le gifler.

– Il y a toujours tant de colère en toi, murmura Marcus.

– Et comment devrais-je être d'après toi ? explosa-t-elle. Je devrais être heureuse et souriante ? Je devrais te remercier parce que tu daignes me parler ?

Il secoua la tête.

– Ça pourrait être pire, tu sais. Tu pourrais être aux champs ou à la mine.

– Qu'est-ce que je disais ? Tu penses que je suis ingrate ! Tu estimes que j'ai tout pour être heureuse !

Tout à coup, les secrets qu'elle gardait étouffés en elle lui emplirent la tête. Incapable de se taire, elle lui hurla dessus :

– Mon père est mort, tué par Cornélius ! Il est mort en me protégeant. Cornélius lui a planté un javelot dans le cœur. Pour rien ! Même si j'arrivais à fuir, je ne rentrerais jamais chez moi. C'est impossible. Parce que je n'ai plus de chez-moi. Je suis seule, complètement seule. Vous m'avez tout pris. Tout ! Même mon nom !

– Je n'ai rien fait, moi, se défendit le jeune homme. Inutile de m'impliquer là-dedans.

– Tu es comme eux. Tu es avec eux.

Il rejeta l'accusation d'un haussement d'épaules. Brusquement, Alix lui en voulut d'être toujours souriant, calme, aimable. Cet imbécile avait su se rendre indispensable, mais en réalité il était comme elle : il servait la faction.

– Tu n'as aucune idée de ce que je ressens, asséna-t-elle. Tu as toujours eu ce que tu désirais.

– Je me suis battu pour ça.

– Toi ? Tu t'es battu ? Si tu n'étais pas le fils de Caius, tu ne serais pas le favori des Rouges.

Marcus émit un reniflement bizarre et se mordit la

lèvre. Elle mit quelques secondes à comprendre qu'il s'efforçait de ne pas rire.

– Caius est mon père, tu dis ? s'étrangla-t-il.

– Oui.

– Qu'est-ce qui te fait penser cela ?

– Tu lui parles avec insolence et il te passe toutes tes fantaisies. Tu es un enfant gâté !

– Je suis son meilleur cavalier ! Il prend soin de moi pour que je n'aille pas voir ailleurs, c'est normal !

Elle repensa à ce qu'il lui avait raconté au sujet de son transfert chez les Bleus.

– Alors, qu'est-ce que tu es pour lui ? Un neveu ? Quelque chose comme ça ?

– Marcus n'est pas mon vrai nom, révéla-t-il tout à trac.

– Quoi ?

– Je m'appelle Diego. Ma famille vient d'Hispanie.

Soudain, elle comprit et son estomac tomba comme une pierre dans ses talons.

– Tu es esclave ? demanda-t-elle d'une petite voix.

– Comme toi. Du moins, pas tout à fait, rectifia-t-il aussitôt. Je suis fils d'esclave. Mon père travaillait aux écuries des Rouges comme brancardier. Il a été tué lors des Jeux du Déluge, piétiné à mort.

Alix se sentit tellement minable qu'elle ne trouva rien à dire.

– Je suis un fils d'esclave, esclave à mon tour, poursuivit-il. Tu as raison, tout m'est tombé dessus à la naissance : je n'ai jamais eu le choix. Mon destin a été scellé dès mon premier jour. J'ai grandi dans les écuries, à voir mon père servir le maître de la faction. Je l'ai accompagné sur la piste et je l'ai vu, ce jour-là, disparaître sous les sabots des chevaux. Quand les fulgurs ont tourné la *meta*, il ne restait de lui qu'un sac de peau fumant, électrocuté par la piste. Les courses ont pris mon père, mais je ne pouvais pas les quitter. J'étais prisonnier du cirque, de la faction. Personne ne m'a demandé si je voulais arrêter. J'ai été brancardier à mon tour, mais très vite, on m'a mis des rênes dans les mains. J'ai fait ma première course à onze ans. Il ne se passe pas un jour sans que je mette ma vie en jeu, accroché à une tonne de muscles électriques. Je peux mourir à tout instant.

– Tu as peur ?

– J'ai l'air d'avoir peur ?

– Non, admit-elle. Au contraire. J'ai l'impression que tu t'en fiches.

– Ce n'est pas le cas. Je suis bien conscient du danger. Et pour cause : je suis tombé, tu sais ?

Lentement, il ôta sa tunique. Alix se raidit tandis qu'il découvrait son torse. Une immense brûlure assombrissait sa peau, dessinant jusque sur ses bras un motif semblable à des feuilles de fougères noires.

– Je suis tombé sur la piste électrique lors de ma première course. Pendant plusieurs jours, je suis resté dans le coma, et lorsque je me suis réveillé, j'étais seul, couché dans un recoin de l'écurie. Les médecins avaient diagnostiqué une nécrose. J'allais pourrir sur pied. Je suis remonté sur un fulgur l'après-midi même, malgré les vertiges… Je me suis battu. Tous les jours, je me bats. Mais je veux profiter de ma vie à fond, Alix. Peut-être que je chuterai de nouveau lors des prochaines courses et alors, peut-être que mon cœur lâchera. Mais maintenant, je ne veux plus avoir peur.

Il lui prit la main. Sa chaleur se diffusa dans le corps de la jeune fille, mais elle se dégagea, muette et tendue.

– Tu sais, murmura le garçon, des choses arrivent. Des choses terribles. Mais tu peux continuer à vivre, Alix. Je crois… que c'est ce que ton père aurait voulu.

– Qu'est-ce que tu en sais ?

– Il ne voudrait pas te savoir ainsi, malheureuse et en colère. La haine est en train de te ronger. Pourtant, tu as des amis…

Elle haussa les épaules, mais il insista :

– Je suis là. Et tu as Ira.

Ira.

Ira, l'étranger, arrivé à Rome en même temps qu'elle. Ira, qui avait reçu le fouet. Qui avait fait l'expérience de la brutalité des Romains. Ira, qui marchait dans l'allée de l'écurie, splendide et détendu.

Elle se calma et ses muscles se relâchèrent. Son dos se voûta. Pour cacher son expression, elle laissa ses cheveux retomber sur son visage.

– Tu peux vivre, reprit Marcus avec conviction. Tu peux choisir la vie. Si nous mourons, alors nos pères mourront de nouveau avec nous. Aujourd'hui, tu peux te souvenir du tien.

– Comment fais-tu ? s'enquit-elle à voix basse.

– Comment je fais quoi ?

– Avec ce que tu as vécu… La mort de ton père, ton statut d'esclave… Tu n'éprouves donc aucune rancœur ? Aucun désir de vengeance ?

– Je suis passé par là. La rancune, les pleurs aussi, qu'est-ce que tu crois ?

– Et puis tu as choisi la vie ? demanda-t-elle, peu convaincue.

– Tu as tout compris.

Le cheval les rejoignit. Il tira un brin de paille de la botte sur laquelle Alix était assise et se mit à le mâchouiller. Puis il en prit un autre, près de sa jambe. Elle ne put s'empêcher de sourire et repoussa sa grosse tête. Il retroussa la lèvre d'un air faussement indigné.

– Vous êtes devenus tellement complices, dit Marcus, amusé.

Elle acquiesça machinalement.

– Tu es une fille de cheval, Alix, poursuivit-il. Tu as ta place ici. Et mieux encore, tu as beaucoup à nous apprendre. Les autres ne jurent que par la force et le fouet. Les chevaux doivent obéir, telle est la règle des cavaliers.

– Je sais. Le fouet régit votre monde.

– Mais toi, tu es différente. Et tu as beaucoup à m'enseigner également, ajouta-t-il en riant.

Il remit sa tunique et tirant sur l'ourlet, montra à Alix les taches de boue qui la souillaient.

– Ira m'a désarçonné dès que tu as tourné le dos,

révéla-t-il. J'ai des progrès à faire si je veux avoir la même relation que toi avec ce démon !

Elle ne lui rendit pas son sourire. Elle se remémorait ce jour si ancien, le jour où un fulgur l'avait touchée, le jour où elle était devenue l'une des leurs.

Tu ne pourras jamais être comme moi, songea-t-elle. *Tu n'es pas un fulgur.*

À la place, elle proposa :

– Nous pourrions nous enfuir tous les trois. Avec ton aide…

– Bien sûr que non, sourit Marcus.

Alix ne comprit pas ce qui l'amusait. Encore moins lorsqu'il précisa :

– Nous finirions crucifiés ou jetés aux loups dans le cirque. Je suis sous contrat et toi, tu es esclave. Nous n'irions nulle part.

– Personne ne devrait accepter d'être esclave.

Il sourit un peu plus largement.

– Tu as raison, et très bientôt, je ne le serai plus.

– Comment ?

– Tu te souviens de ce que je t'ai raconté sur les courses du Déluge ? Pour chaque victoire, nous gagnons de l'argent.

– Beaucoup d'argent ?

– La plus grande partie revient à Caius bien sûr. Cependant, le peu qu'il me reste, je le mets de côté.

– Et tu cours depuis… quoi ? Plus de cinq ans ? Quand pourras-tu acheter ta liberté ?

Il prit un air mystérieux et Alix le frappa au bras :

– Allez, dis-le !

– Au prochain Déluge. Grâce à Ira.

Quelque chose dans son expression, son assurance, fit cogner le cœur de la jeune fille. Il lui saisit la main et sous le choc, elle ne chercha même pas à se dégager.

– Ensuite, je me battrai pour toi, ajouta-t-il.

– Quoi ?

– Je te le promets. Je continuerai les courses et l'argent que j'économiserai, je te le donnerai pour que tu puisses acheter ta liberté.

Elle savait qu'il était sincère et bien que l'attention la touchât, elle se hérissa.

– Cet argent, je le gagnerai moi-même, répliqua-t-elle en s'écartant de quelques centimètres. Un jour, je jetterai un gros sac de sesterces sur le bureau de Caius et il me rendra ma liberté.

– J'en suis certain. Écoute, après les courses du Déluge, nous aurons le temps de t'entraîner. Je convaincrai Caius de te laisser courir en compétition.

– C'est moi qui monterai Ira, murmura-t-elle.

– Le public va raffoler de toi !

Il se rapprocha de nouveau d'elle. Sa présence, sa chaleur, le contact de son genou contre le sien la prirent par surprise.

– Je crois en toi, Alix, déclara-t-il sérieusement. Tu peux devenir une excellente cavalière, mais ça ne change rien à ma proposition. J'aimerais participer au rachat de ta liberté.

– Tu insistes avec ça ? Je n'ai pas besoin d'être

sauvée, rétorqua-t-elle en un murmure buté. Je peux me débrouiller seule.

– Je sais, mais je veux t'aider.

– Pourquoi ? Je ne veux pas que tu sois impliqué.

– C'est trop tard, énonça-t-il d'un air penaud.

Ils se dévisagèrent et Alix comprit soudain qu'il était en train de lui faire une déclaration. Il aurait fallu qu'elle réponde quelque chose, mais elle resta sans bouger, son visage à quelques centimètres du sien, son souffle sur sa peau. Il inclina la tête et elle ferma les paupières. Ses lèvres touchèrent celles de la jeune fille, chaudes et douces. Le cœur d'Alix s'emballa. Des papillons s'affolèrent au creux de son ventre. Finalement, elle n'avait rien besoin de lui dire. Avec passion, elle lui rendit son baiser.

Chapitre 16

Les jours suivants passèrent vite, dans un climat d'excitation grandissant. Les prédictions des devins-tonnerre s'affinaient. Le Déluge approchait : dans deux semaines, un orage d'une spectaculaire violence s'abattrait sur Rome. Pendant trois jours, la foudre pilonnerait la ville. Et les fulgurs entreraient dans l'arène.

Alix, Marcus et Ira s'entraînaient sans relâche. La jeune fille s'occupait exclusivement de l'étalon. Chaque après-midi, elle l'échauffait, puis son compagnon le menait au grand galop. Toutefois, jamais elle n'avait réessayé de s'éloigner quand il montait le cheval, et elle remarquait bien que l'étalon la surveillait du coin de l'œil, attentif au moindre de ses déplacements.

Il nous reste si peu de temps, songea Alix non sans appréhension.

De nombreux spectateurs suivaient leurs progrès, partagés sur la méthode des deux amis. Le cavalier avait abandonné fouet, cravache et chambrière. Sur les conseils d'Alix, il travaillait à la voix, et recherchait l'harmonie et la complétude plutôt que la soumission. Les rumeurs s'étaient rapidement propagées. On prétendait que Marcus se changeait en fillette, qu'il laissait les chevaux décider à leur guise, qu'Alix l'avait ensorcelé… Pourtant, sur la piste, Ira se montrait renversant. Chaque jour, il allait plus vite, s'assouplissait, s'organisait. Même si la performance n'intéressait guère la jeune fille, elle ressentait une pointe de fierté à voir courir son cheval.

Puis à une semaine de la course, Marcus prononça les mots qu'elle redoutait d'entendre :

– Il faudrait que je l'entraîne seul.

– C'est ce que tu fais, répondit-elle avec mauvaise foi. C'est toi qui tiens les rênes.

– Mais tu es toujours là, et le cheval le sait. Dans le cirque, je ne pourrai pas t'avoir auprès de nous.

– Je resterai au bord de la piste.

– Te rappelles-tu la taille de l'hippodrome ? Et je passerai la moitié de la course masqué par le mur de la *spina*. Ira ne te verra plus.

Pâle et tendu, Marcus dévisageait Alix avec anxiété, attendant sa réponse. Elle comprenait l'enjeu. Dans une semaine, des jours d'efforts et de préparation allaient se solder par le succès ou l'échec. Marcus jouait sa liberté. Ira devait l'emporter vers la victoire. Pourtant, elle n'arrivait pas à lui céder totalement son cheval. Elle ne répondit pas assez vite, plongée dans ses tourments, et le garçon s'assombrit.

– Je vois, dit-il. Tu n'es vraiment qu'une égoïste, Alix.

La jeune fille frémit. Elle ouvrit la bouche pour répliquer, mais il lui avait déjà tourné le dos.

– Marcus, commença-t-elle.

– Laisse-moi, coupa-t-il sèchement. J'ai du travail.

Elle sentit un froid glacial se répandre dans ses veines. Elle recula, emplie de désarroi et de culpabilité. Le cavalier avait abandonné Ira tout harnaché au milieu de la piste. Elle rejoignit son cheval et enfouit ses joues dans la crinière rugueuse.

– Que devons-nous faire, Ira ? chuchota-t-elle. Est-ce que nous pouvons vraiment faire confiance à quelqu'un d'autre ?

L'étalon hennit doucement, mais elle ne comprit pas sa réponse.

Malade d'embarras, Alix retrouva Marcus dans la carrière une poignée d'heures plus tard. Il faisait trotter un fulgur blanc au bout d'une longe. Les pieds légèrement écartés, il suivait le mouvement de l'animal en l'encourageant de la voix. La jeune fille se glissa sous la barrière et le rejoignit sur la piste. Pendant un moment, ils regardèrent trotter l'étalon, environnés par le bruit de son souffle et de ses sabots. Puis, elle se tourna vers son ami pour l'observer. Il ne lui accorda pas un regard. Ses pupilles accompagnaient la course du cheval.

Il savait qu'Alix le fixait, mais il continuait de se taire. Le fulgur devait percevoir la tension ambiante, car il accéléra sensiblement. Alix décida de faire le premier pas :

– Je suis désolée si je t'ai blessé.

Il ne répondit pas, concentré sur l'étalon. Son silence fut si long qu'Alix en vint à douter d'avoir parlé. Une étincelle de colère flamba en elle.

– Ce jour-là, quand Flaccus voulait tuer Ira et que tu t'es dressé entre eux, je pensais que tu voulais sauver mon cheval. Je croyais que tu l'avais fait par générosité.

Et pour moi, ajouta-t-elle en un silencieux aparté.

– Bien sûr que je voulais sauver Ira ! répliqua-t-il. Ce cheval est une bête de course, pas un animal de bât ou que sais-je ! Il est né pour galoper.

– Tu ne penses qu'aux courses…

– À quoi d'autre ?

Alix accusa le coup. Elle repensa à leur baiser, échangé dans la tiédeur des écuries. Elle ne reconnaissait plus son ami alors qu'il se montrait si froid et distant. Comme il évitait toujours son regard, tout à coup, elle vit rouge :

– Je ne sais pas ! éclata-t-elle. Je croyais que tu penserais à moi peut-être !

Il se tourna vers elle. La longe se tendit brutalement tandis que le fulgur blanc prenait le galop. Des ramifications de foudre dansaient entre son encolure et le collier de Faraday. Marcus ne s'en soucia pas. Il regarda Alix droit dans les yeux et l'estomac de la jeune fille effectua un petit saut. Un éclair craqua au niveau du fulgur. Ni l'un ni l'autre ne s'en préoccupèrent.

– Dites donc tous les deux, hurla un palefrenier qui passait derrière la barrière. Ce maudit cheval est en train d'accumuler de l'électricité !

Marcus abandonna la longe et saisit les mains d'Alix.

– Veux-tu sortir te promener avec moi ? lâcha-t-il.

Elle en trébucha de stupéfaction. Par réflexe, il l'attira contre lui. Il y avait quelque chose de très vulnérable dans son expression, qui la toucha au plus profond de son être.

– Heu… quoi ? balbutia-t-elle.

– Nous pouvons aller faire un tour, si tu es d'accord ? Juste toi et moi. Il faut qu'on parle.

Les mots sortirent tout seuls de sa bouche et elle s'entendit déclarer :

– D'accord.

Au même moment, le palefrenier sautait la barrière pour ramasser la longe du cheval qui fonçait sur eux.

– Et ça se prétend champion ! hurla-t-il en stoppant le fulgur déchaîné. Bande d'amateurs à la noix !

Les deux amis se promenèrent sur la colline verdoyante du Palatin, dans les rues calmes et silencieuses. Chose rare, le soleil brillait et des martinets se pourchassaient dans le ciel bleu. Pendant un moment ni l'un ni l'autre ne parlèrent. Marcus acheta des gâteaux au miel et ils les mangèrent d'un air préoccupé jusqu'à ce qu'il se décide à commencer :

– Je sais que c'est dur pour toi, dit-il. Vraiment, je le sais.

– Non. Enfin si, bien sûr, répondit-elle, confuse. Excuse-moi pour tout à l'heure…

Elle tapa dans une pierre, et poursuivit :

– Je voudrais que nous n'ayons pas à faire cela. Engager Ira dans toute cette folie, que toi tu risques ta vie dans cette course… Je suis certaine qu'il y a une autre solution.

Il secoua la tête.

– Je sais à quoi tu penses, mais c'est impossible. Nous ne pouvons pas nous enfuir.

– Je ne veux pas vous perdre. Ni toi, ni lui.

– Cela n'arrivera pas. Tu dois me faire confiance. Ira peut me donner cette victoire qui me manque. Tout sera plus simple ensuite.

Le ciel virait au rose. Doucement, le soleil s'inclinait derrière les arbres et l'ombre des pins s'étirait sur la pelouse en pente. Sur le Capitole, le toit doré des temples lança un dernier reflet aveuglant. Ils s'assirent dans l'herbe, côte à côte.

– Tu as vu ? remarqua Marcus. D'ici, on voit le cirque.

– Il faut toujours qu'on en revienne à lui, constata la jeune fille, morose.

Le panorama de Rome vue de haut la séduisait pourtant. Des milliers de bâtiments s'enchevêtraient à l'infini. Les toits de tuiles rouge orangé se mêlaient aux dômes dorés, aux colonnes de marbre blanc et rose, aux taches vertes des jardins et des parcs. D'une certaine façon, les Romains avaient raison de s'enorgueillir. Rome défiait réellement l'orage.

– Je dois gagner cette course, Alix, reprit Marcus. Même si cela te choque, c'est très important pour moi. Explique-moi comment je dois m'y prendre avec Ira.

– Je ne sais pas, murmura la jeune fille en frottant la brûlure en forme de rose sur sa main.

– Tu prétends ne pas vouloir me perdre, mais si Ira me désarçonne pendant les courses, je ne donne pas cher de ma peau.

– Ce n'est pas si simple ! Ce n'est pas quelque chose que je peux expliquer par les mots.

Alix regardait le cirque, cherchant vainement comment elle pouvait qualifier le lien quasi surnaturel qui l'unissait à son cheval. Au creux des collines, l'arène paraissait minuscule. Le soleil baignait les tribunes vides d'une lumière rasante. Tout était si calme, si serein alors que dans son crâne, les pensées tournoyaient follement.

– Alix, reprit Marcus, il y a la course, il y a nous et Ira, mais au-delà de nos petites personnes, il y a autre chose de plus vaste, et de peut-être plus important.

Elle se tourna vers lui, surprise.

– Qu'est-ce que tu entends par là ?

– Si nous gagnons les courses du Déluge avec Ira, les gens voudront connaître ton secret.

– Je t'ai dit que je ne savais pas exactement comment ça marche. Ce n'est pas une recette de cuisine, bon sang !

– Bien sûr que non, mais…

– Crois-tu que j'ai envie de partager ça avec eux de toute façon ? Les Romains m'ont tout pris. Si j'ai eu la force de marcher jusqu'à cette ville, c'est parce que je rêvais de trucider ce Cornélius, mais ça aussi, vous m'en avez dépouillée.

– Pas forcément.

– Quoi, je pourrais tuer Cornélius ? s'écria-t-elle avec stupeur.

Curieusement, cette idée ne lui procurait plus la même satisfaction qu'avant. Que Marcus l'évoque lui fit même un peu peur. Mais il balaya sa proposition d'un éclat de rire :

– Mais non ! Je te parle d'une vengeance beaucoup plus subtile. M'écoutes-tu vraiment ou fais-tu encore ta tête de mule ?

Alix haussa les épaules. Pourtant, bien malgré elle, sa curiosité était piquée.

– Dis toujours, concéda-t-elle.

– Tu pourrais les influencer, changer ce monde brutal dans lequel nous évoluons.

– Et convaincre les gens de relâcher les fulgurs ?

– Là, tu vas un peu loin, tempéra Marcus avec un sourire. Mais tu pourrais les inciter à mieux traiter les chevaux. Les colliers, les cages de Faraday, le fouet et les cris… Tout cela pourrait être aboli si nous parvenions à leur montrer qu'une autre méthode est possible.

Alix se laissa aller contre lui, la tête sur son épaule. Il lui enlaça tendrement la taille.

– Peut-être es-tu dans le vrai, murmura-t-elle. Peut-être les dieux m'ont-ils conduite jusqu'ici dans un but bien précis…

Elle repensait au fulgur noir de son enfance. Lui avait-il confié une mission ? Quelque chose qui excédait sa quête personnelle de liberté ? Malgré la folie de cette entreprise, elle eut soudain la certitude que cela était possible.

– Tu as raison, assura-t-elle en frottant sa tête au creux du cou de son ami. Ça vaut la peine qu'on se batte pour ça.

Chapitre 17

Une semaine passa. Les devins-tonnerre fixèrent la date des Jeux, et l'émotion atteint son paroxysme. Alix se concentra sur les courses au point d'oublier tout le reste. Elle respirait cheval, pensait cheval, rêvait cheval. Tout ce qui comptait, c'était le galop lié, homogène, de son fulgur, et sa beauté, sa splendeur au travail. Nulle créature ne le surpasserait en vitesse et en explosivité dans l'arène. Elle laissait désormais de plus en plus souvent l'animal en tête à tête avec Marcus. Elle n'éprouvait plus cette jalousie maladive. Une confiance sereine avait remplacé ses doutes, et Ira le sentait. Marcus chuta moins. Puis plus du tout.

Et enfin, le Déluge arriva.

La jeune fille s'éveilla peu avant l'aube, tirée de son sommeil par le grondement du tonnerre. Une seule pensée tambourinait dans son crâne : c'était les Jeux, les Jeux, les Jeux.

Malgré l'approche du Déluge, tout était calme dans

l'allée. Les chevaux soupiraient ; les sabots raclaient les pavés, crissaient dans la paille. Quand Alix se présenta devant Ira, il passa la tête par-dessus la porte de son box et elle prit ses joues entre ses paumes.

– C'est le grand jour pour toi, lui dit-elle.

Aussitôt, elle s'en voulut. Ira n'avait que faire de gagner cette course. C'était une fête d'humains, de Romains.

Elle laissa ses bras retomber le long de son corps. Les prochaines heures promettaient d'être agitées. Elle se glissa dans le box du cheval pour le bouchonner. Elle l'étrilla, démêla sa crinière et sa queue. Au contact de la brosse, les crins s'électrifiaient et plusieurs fois, elle dut retirer sa main avec une grimace de douleur, touchée par une étincelle. Pendant qu'elle travaillait, d'autres palefreniers entrèrent dans les écuries. Pas un ne la salua et elle leur tourna le dos pour ne pas avoir l'air de s'intéresser à leurs conversations.

Elle avait presque terminé avec Ira. Elle se pencha pour vérifier l'état de ses sabots. Le maréchal-ferrant avait posé la veille des fers aimantés à tous les chevaux participant aux courses. Ce stratagème devait leur permettre de moins déraper sur la piste métallique de l'hippodrome. Alix observait les aimants cloués dans le fer, lorsque l'étalon fit un pas en avant qui la déséquilibra.

– Ira ! protesta-t-elle en tombant assise dans le foin.

Elle prit appui sur son bras droit pour se relever ; quelque chose, enfoui sous la paille, écorcha sa paume.

Elle referma sa main sur l'objet et le tira de sa cachette. C'était une lamelle en plomb, petite, mais étonnamment lourde. Plusieurs phrases y étaient inscrites en caractères serrés. Elle fronça les sourcils, incapable de les déchiffrer.

Ira renâcla bruyamment et Alix sentit la brusque tension de ses muscles. Flaccus, debout devant le box, contemplait l'animal d'un air pensif.

– Il est toujours aussi nerveux, remarqua-t-il.

– Avec les gens qu'il n'aime pas, c'est tout.

L'entraîneur daigna lui adresser un regard.

– Qu'est-ce que tu tiens dans la main ?

– Je ne sais pas. Je viens de trouver ce truc dans la paille.

– Donne, ordonna-t-il, pâle tout à coup.

Il lui arracha la lamelle des mains. Ses yeux coururent de gauche à droite le long des lignes. Une ride soucieuse se creusa sur son front. Il relut. Son expression se décomposa et une seconde ride rejoignit la première.

– Qu'est-ce que ça raconte ?

– Rien, grogna-t-il.

– Vraiment ? Pourquoi vous faites cette tête alors ?

– Tais-toi.

Il escamota la tablette et se mit à hurler des ordres aux palefreniers. Rien n'allait assez vite. Il fallait que les chevaux soient prêts immédiatement pour être emmenés au cirque.

Sans lui prêter attention, Alix fit sortir Ira. Flaccus l'arrêta d'un geste.

– Rentre-le, aboya-t-il.

– Pourquoi ? Il vaut mieux qu'il sorte le premier.

– Non, gronda l'entraîneur, soudain menaçant.

Alix le défia du regard. L'homme serra les poings et ses prunelles étincelèrent de fureur. Enfin, d'une voix rauque, il asséna :

– Ira ne participera pas aux courses aujourd'hui.

La jeune fille traversa la faction en courant. Le soleil avait dû se lever, cependant on se serait cru à minuit. Des nuages épais et lourds s'amoncelaient en une muraille noire, qui plongeait Rome dans l'obscurité. Il ne pleuvait pas encore, mais le tonnerre grommelait en continu. Malgré la tiédeur de l'air, Alix était glacée. Son cœur battait d'angoisse et de colère. Elle était furieuse de ressentir de la peur. Ira ne participerait pas à leur stupide course : et alors ? Pourquoi cela l'affectait-elle ?

Elle monta quatre à quatre les marches conduisant aux appartements des cavaliers. Les hommes poussèrent des grognements outrés quand elle se faufila entre eux.

– Qu'est-ce que tu fiches ici, gamine ?

– Déguerpis ! C'est interdit aux filles ici !

Elle les ignora. Où se trouvait Marcus ?

Elle chercha l'endroit le plus au calme et repéra son ami, occupé à enfiler ses bottes. Il était vêtu d'une tunique rouge. Le manteau de cuir à capuchon était encore suspendu à la patère. Marcus avait brossé ses cheveux en arrière, mais quelques mèches rebiquaient sur son front. Il affichait son habituelle expression concentrée, les yeux baissés sur ses pieds. Un casque était posé à côté de lui, sur le banc.

– Marcus !

Elle avait crié et tous les regards se tournèrent vers eux. Le garçon releva la tête. L'ombre d'un sourire passa sur ses lèvres.

– Alix… commença-t-il, mais elle l'interrompit aussitôt :

– Flaccus refuse de faire courir Ira.

D'une seule ondulation musculaire, il fut debout. Son visage se figea en un masque de colère froide, les dents serrées. Son regard habituellement pétillant s'assombrit.

– Quoi ? murmura-t-il d'une voix très basse.

– Tu as bien compris ! J'ai préparé Ira, mais quand Flaccus est arrivé il m'a interdit de le sortir !

– Que Cerbère le dévore ! rugit Marcus.

Elle ne l'avait jamais vu dans un état pareil.

– Je dois gagner cette course ! s'écria-t-il.

Elle s'écarta sur son passage, et les cavaliers reculèrent, formant deux rangées qu'il fendit à grandes enjambées. Elle courut sur ses talons. Dehors, les palefreniers commençaient à emmener les chevaux vers les portes. Marcus s'engouffra dans l'écurie. Alix se précipita à sa suite et se retrouva juste dans son dos quand il se planta devant Flaccus.

– Ne dis rien, ordonna l'entraîneur.

– Et pourquoi ?

– Ma décision est prise.

– Ira est prêt.

– Non, il ne l'est pas.

Il agita le bras sous le nez du cheval qui se cabra.

– Il ne répond qu'à moi. Et à Claudia, ajouta tout de suite Marcus.

– Là n'est pas le problème. Il n'est pas prêt, voilà tout.

– Je ne gagnerai pas sans lui. J'ai fait un sacrifice à Cybèle pour sa victoire et je ne me suis entraîné qu'avec lui. J'en ai besoin !

– Bien sûr que non, dit Flaccus avec une soudaine douceur qui étonna Alix.

Il lui posa les mains sur les épaules.

– Tu prendras Aeris, le fulgur blanc. Titus l'a entraîné pendant des semaines.

– C'est Ira mon fulgur. Je n'en veux pas d'autres.

À ses mots, Flaccus pâlit légèrement. Ses mains se serrèrent sur les épaules du garçon avec tant de force qu'Alix imagina les os de son ami grincer dans la poigne de l'entraîneur. Le visage du cavalier demeura lisse comme le marbre. Seuls ses yeux continuaient d'étinceler de colère.

– Tu obéiras, dit Flaccus. Sinon, tu resteras ici avec ton maudit cheval.

Marcus hésita. Un combat silencieux se déroulait entre les deux hommes, et la jeune fille avait l'impression que l'air crépitait d'étincelles autour d'eux. Son ami allait-il défier l'entraîneur ? Alix se tendit. C'était le moment d'exprimer leur révolte ! Mais au bout de longues secondes, Marcus hocha imperceptiblement la tête, et la jeune fille comprit, atterrée, qu'il était vaincu.

Ils gagnèrent le circus Maximus dans une ambiance incroyable. La foule en liesse se pressait de chaque côté de la route, criant le nom des cavaliers et des chevaux. Excités par le vacarme et l'approche du monstrueux orage, les fulgurs se cabraient, ruaient, hennissaient. Ils se heurtaient les uns contre les autres et les palefreniers s'arc-boutaient sur les brides pour les forcer à avancer vers l'hippodrome.

Alix aurait voulu rester avec Marcus, mais on lui avait attribué une place dans le groupe des brancardiers. Elle était vêtue d'une tunique écarlate. Ses cheveux étaient relevés en queue de cheval avec un ruban rouge. Elle portait des bottes et des gants blancs. Bien qu'elle soit presque cachée au milieu des autres brancardiers, on ne manquait pas de la remarquer.

– Regardez, il y a une fille chez les Rouges ! cria quelqu'un.

L'attention générale convergea sur Alix. Elle s'appliqua à marcher la tête haute, espérant qu'ils sentent tout son mépris pour eux.

– Les courses, c'est pas pour les filles ! beugla quelqu'un.

– Rentre chez toi !

– Les Rouges, c'est la faction des fillettes !

Des rires s'élevèrent. Elle redressa le dos et le menton avec arrogance.

– Tu vois ce qu'on doit supporter à cause de toi ? grogna un des brancardiers.

– Tu ne nous attires que des ennuis et ton cheval est tellement nul que Flaccus ne veut pas qu'il coure !

– On devrait vous revendre tous les deux, approuva quelqu'un sur sa droite.

Elle lui écrasa le pied si fort qu'il brailla de douleur et répliqua par un coup de poing. Elle l'esquiva, provoquant une bousculade dans le groupe.

– La paix, les brancardiers ! hurla la voix de Flaccus.

Ils approchaient du circus Maximus ; la foule était en transe.

– Allez, les Rouges ! cria un homme en tendant les bras pour effleurer les cavaliers.

– Les Rouges vont gagner ! Allez Marcus !

La fierté réchauffa le cœur d'Alix.

– Marcus le pourri ! répliqua un autre. Les Rouges sont nuls !

Une bagarre éclata entre des spectateurs. Des soldats se précipitèrent pour les séparer.

Alix avait hâte que cette stupide procession se termine et elle fut presque soulagée d'atteindre enfin l'hippodrome. La pluie ruisselait sur la façade. Les spectateurs, trempés mais réjouis, se pressaient sous les arcades. Des vendeurs hurlaient pour couvrir le tumulte. Des gens achetaient des reproductions de fulgurs et de fouets miniatures, des porte-bonheur. Dans cette liesse, elle distingua un barbu en train d'enregistrer les paris. Un cercle compact de joueurs gesticulait autour de lui.

Le groupe d'Alix entra enfin dans les entrailles moites de l'édifice. La jeune fille avait envie d'essorer sa tunique, dont le tissu glacé lui collait à la peau, mais le mouvement de foule l'entraîna au cœur de l'agitation. Des palefreniers couraient dans tous les sens. Les chevaux piaffaient. Les entraîneurs aboyaient des ordres.

– Viens, la Pompa va commencer.

Elle se retourna vers Marcus. Il avait l'air sombre et amer, méconnaissable dans son uniforme de cavalier.

– C'est quoi la Pompa ?

Elle s'en moquait, mais elle désirait leur changer les idées à tous les deux.

– C'est le défilé d'ouverture, pour le premier jour des Jeux. Il est conduit par l'empereur en l'honneur des dieux. Tout le monde y participe. Toi aussi, ajouta-t-il avec un petit sourire sans joie. Caius sera en tête de notre faction, suivi par l'ensemble de l'équipe. Je mènerai Aeris, le fulgur blanc, pour qu'il soit béni des dieux. La course qui suit la Pompa est la plus importante de la journée, car nous bénéficions encore du rayonnement divin des sacrifices. Normalement, Ira aurait dû la courir.

– Je sais.

– Je ne gagnerai pas sans lui.

La peine de Marcus lui fit mal. Elle parla sans réfléchir, pour le réconforter :

– Tu as gagné d'autres courses. Pourquoi pas celle-là ?

– Je voulais Ira. C'était notre projet. Nous devions

leur montrer que d'autres méthodes étaient possibles… Et accessoirement, gagner de quoi racheter ma liberté, soupira-t-il.

Tout à coup, la lumière se fit en elle.

– C'est pour ça, murmura-t-elle.

Il la regarda, les sourcils froncés.

– Quoi ? l'encouragea-t-il.

– Flaccus ne veut pas te perdre. Il veut que tu restes chez les Rouges. Alors, il te prive d'Ira pour que tu ne gagnes pas cette course.

– C'est ridicule, dit-il en secouant la tête. Un cavalier qui ne gagne pas ne lui sert à rien.

Alix fut forcée d'acquiescer. Elle réfléchissait, pensive, lorsque lui revint en mémoire la lamelle de plomb qu'elle avait trouvée dans le foin.

– Au fait, je me demande… commença-t-elle.

Mais les trompettes retentirent avec une telle force qu'elle dut s'interrompre. Les cris de la foule et les applaudissements leur parvenaient à travers les murs.

– La Pompa va débuter, annonça Marcus. Il faut y aller. Rejoins les brancardiers. On se voit plus tard.

Le visage fermé, il saisit la bride d'Aeris et s'éloigna.

Chapitre 18

Dans la pénombre du couloir, les bruits étaient étouffés. Alix était mêlée au groupe des brancardiers et ne pouvait distinguer l'ensemble des acteurs du défilé. Juste devant elle, patientaient les médecins et les vétérinaires. Derrière elle, les acrobates s'échauffaient. Elle n'arrivait pas à voir les fulgurs. Ils étaient trop loin, sans doute en tête de cortège avec leurs cavaliers.

La jeune fille piétinait en attendant son tour. Malgré elle, elle se sentait pénétrée par la solennité de l'instant. Enfin, ils se mirent en branle. Un peu nerveuse, Alix se dirigea avec les autres vers la piste. Ils passèrent sous une arche, à gauche des stalles de départ, franchirent un rideau de pluie, et l'arène, d'un coup, s'ouvrit devant elle.

L'averse lui tomba sur la tête et sur les épaules. Une immense clameur résonna à ses oreilles, la faisant sursauter. Des milliers de visages flous, troublés par l'écran de la pluie, étaient tournés vers eux. Les applaudissements grondaient dans les tribunes et couvraient les bruyants accords des musiciens. Le vacarme de leurs pas sur la piste en métal était assourdissant.

Alix s'imprégna de cette ambiance, grisée par les cris de la foule. Des citoyens qui applaudissaient des esclaves, n'était-ce pas le monde à l'envers ?

Les gens vociféraient à leur passage : « Allez, les Verts ! », « Allez, les Rouges ! » Devant eux, le volume sonore atteignait des sommets. La foule hurlait et encourageait ses fulgurs favoris. Marcus était quelque part là-bas, au cœur des acclamations.

Une agitation sur la gauche incita Alix à relever les yeux. Une bourrasque mouillée lui apporta l'odeur du sang. Presque gris derrière les tentures mouvantes de pluie, des prêtres sacrifiaient un bélier au centre de l'arène. La jeune fille détourna le regard, écœurée. La vie des animaux ne pesait guère face à la soif de divertissement des Romains. La vie des esclaves non plus, d'ailleurs…

Vers la fin de la procession, elle se surprit à hâter le pas pour retrouver plus vite l'humidité des couloirs, mais au moment où elle cherchait à s'esquiver dans un coin sombre, Traex, l'un des brancardiers, lui barra la route. Alix éprouva une appréhension instinctive avant de se rappeler qu'il était un ami de Marcus. Elle les avait souvent vus rire tous les deux pour des motifs aussi ridicules qu'incompréhensibles. Le garçon lui fourra d'autorité dans les mains deux gros sabots en bois et des gants épais, noircis par les brûlures.

– Mets ça et viens avec moi, lui ordonna-t-il.

– Qu'est-ce que c'est ?

– Ta seule chance de survie sur la piste. Les éclairs ne vont pas tarder à dégringoler et le sol va s'électrifier. Personne ne t'a rien dit ?

– Pas vraiment…

– Misère de misère ! Viens, je vais t'expliquer en route.

Pendant qu'il l'entraînait sous les arcades, Traex lui détailla leur rôle.

– En cas d'accident, nous devrons secourir les cavaliers. Il faut être très rapide. Chaque seconde est précieuse et peut sauver la vie des nôtres. En plus, si tu ne te dépêches pas, tu risques d'être percutée par un fulgur. Imagine que tu tombes sur la piste, je ne donne pas cher de ta peau ! On est là pour évacuer les blessés, par pour rajouter à la boucherie, tu comprends ? Bref, ne touche jamais les corps à mains nues, tu risquerais d'être électrocutée. Pour les chevaux, c'est pire. Encore plus dangereux et compliqué. C'est pourquoi on doit être si nombreux.

– Je ne comprends pas bien… Quoi avec les chevaux ?

– Quand il faut évacuer leurs corps ! Ils pèsent une tonne !

Alix frémit d'horreur. Elle n'avait vécu les courses qu'à l'entraînement. Elle avait assisté à quelques accidents mineurs, mais aujourd'hui, tout pouvait arriver. Des hommes et des chevaux allaient peut-être mourir.

Tout à coup, elle éprouva du soulagement à l'idée qu'Ira soit bien à l'abri dans les écuries.

– Viens vite ! Ça va commencer !

– Attends !

– Quoi ?

– Je veux voir Marcus. Lui souhaiter bonne chance !

Ils s'étaient séparés si vite tout à l'heure.

– Pas le temps ! la coupa le garçon en la saisissant par le poignet. Grouille !

Le premier éclair se fracassa sur l'obélisque de l'hippodrome. Un cri de joie unanime salua l'intense décharge de lumière. Alix enfila les gants et les sabots. Quand elle fut prête, elle et Traex se positionnèrent à l'extérieur de la piste, non loin des stalles de départ. D'un instant à l'autre, les portes allaient s'ouvrir pour livrer passage aux chevaux.

– Les concurrents doivent rester dans leur couloir individuel jusqu'à la *linea alba*, expliqua le garçon. C'est cette ligne blanche dessinée sur le sol, tu la vois ? Ensuite, les cavaliers pourront se rabattre près du mur, c'est la meilleure place.

– Pourquoi doivent-ils attendre si longtemps ?

– Pour éviter une collision générale en début de course. Tu connais le principe des arcs de foudre, n'est-ce pas ? Personne ne veut voir l'ensemble des cavaliers rôtir après deux secondes de compétition. Et puis, le départ est équitable ainsi.

Les brancardiers des autres équipes les rejoignirent. Ils jetèrent un coup d'œil étonné à Alix et l'un d'eux frappa son camarade du coude en la désignant du menton. Mais rapidement, tous se concentrèrent sur la piste.

De là où elle était, la jeune fille apercevait la loge de l'empereur, au-dessus des stalles de départ. Des hommes étaient installés dans un autre compartiment, isolé du reste du public.

– Les juges, énonça Traex, qui avait suivi son regard.

– Quelle est la première course ?

– La principale. Il y a deux cavaliers par équipe.

– Quatorze fulgurs ! calcula-t-elle, impressionnée.

Cela lui parut énorme. Quatorze chevaux lancés au galop, rivalisant de vitesse pour se dépasser. Un accident allait arriver. Un accident allait forcément arriver.

– Qu'est-ce qu'il y a ? s'inquiéta Traex.

– Quoi ? Rien !

– Si ! Tu es toute blanche. Tu vas faire ta part de travail, hein ?

– Mais oui, ça va. Lâche-moi !

– T'as intérêt. Si tu tournes de l'œil et qu'on ne parvient pas à récupérer les blessés, toute la course peut virer au carnage. Chaque seconde compte.

– Oui, j'ai compris.

L'empereur se redressa nonchalamment et le cirque fit silence. Pendant un instant, on n'entendit plus que le fracas de l'averse sur le métal. La piste résonnait comme un gong sous la mitraille. La tension était palpable. Alix avait les yeux rivés sur les stalles de départ. Pourvu que Marcus réussisse à s'extraire de la mêlée au plus vite…

Les virages lui parurent soudain très étroits, très dangereux.

Le Déluge déferlait sur l'hippodrome. Malgré le raffut du tonnerre et le crépitement de la pluie sur le métal, la jeune fille avait l'impression d'entendre les pulsations sourdes de son cœur, qui lui secouaient la poitrine. Ses doigts engoncés dans les gants de protection étaient moites. Elle ne pouvait rien faire pour aider Marcus.

Un nouvel éclair frappa l'obélisque. De minuscules étincelles dansèrent sur la piste trempée, qui émit un grésillement et l'espace d'une seconde, l'acier s'illumina. Alix sentit tous ses poils se dresser sur sa peau. Il suffisait désormais qu'elle s'avance sans protection sur le métal pour être instantanément foudroyée.

L'empereur brandit une étoffe blanche au-dessus de la piste.

– C'est pour donner le signal du départ, informa Traex à voix basse.

L'homme lâcha le voile qui tomba doucement sur la piste. Au contact du métal électrifié, le tissu s'embrasa. Les trompettes poussèrent une note stridente. Les portes des *carceres* s'ouvrirent toutes en même temps et les chevaux bondirent par l'ouverture.

Chapitre 19

Les fulgurs déferlèrent sur la piste comme une immense vague animale. Les blancs, les noirs et les gris des robes se mélangeaient en une masse vivante, mouvante. Dans cette terrible mêlée, Alix distingua la silhouette immaculée d'Aeris et sur son dos, celle dérisoire et fragile de Marcus. La jeune fille se tendit vers eux, comme si elle pouvait aider l'étalon blanc à galoper plus vite.

– Allez, Marcus ! hurla-t-elle.

Mais deux concurrents bloquaient le jeune homme. Aeris dérapa dans une flaque et glissa, déséquilibrant son cavalier qui menaça de vider les étriers. Alix ferma les yeux. Quand elle les rouvrit, une fraction de seconde plus tard, il était rétabli, couché sur l'encolure de son champion.

Le métal cliquetait et tremblait sous le martèlement des sabots. Les fulgurs filèrent en droite ligne jusqu'à la *linea alba*. La jeune fille ne put voir la suite : la barrière centrale lui déroba les concurrents et elle poussa un grognement de frustration.

Pendant ce qui lui sembla une éternité, elle scruta la foule dans les gradins face à elle, à l'affût d'un cri d'horreur, de panique. Rien. Traex lui glissa d'une voix tendue :

– Ils amorcent le virage. C'est le pire moment.

Il avait à peine fini sa phrase qu'un gigantesque éclair frappa l'obélisque. L'électricité se propagea en ramifications violettes le long de la piste. De l'autre côté du mur, quelqu'un poussa un hurlement – vite interrompu – et Traex se mordilla la lèvre.

– Touché, commenta-t-il.

– Marcus ?

– Je ne sais pas !

Un mouvement de foule précipita de nombreux spectateurs au premier rang. Entassés les uns sur les autres, ils vociféraient, le doigt tendu.

Alix fit mine de s'élancer, mais Traex la retint par le poignet.

– N'y va pas ! ordonna-t-il.

– Mais si c'est lui qui a été touché ?

– D'autres brancardiers sont là-bas. Nous devons rester dans notre zone.

Les premiers chevaux déboulèrent à l'angle de la meta. Un Vert. Un second Vert. Où se trouvait Marcus ? Soudain, un chanfrein blanc bridé de rouge surgit à son tour, et le soulagement se répandit dans tout son être. Marcus avait évité le naufrage. Il était debout sur les étriers et se tenait en équilibre au-dessus du dos vibrant d'électricité de sa monture. Rendue presque translucide, la robe d'Aeris laissait deviner l'ombre de ses organes. Jamais Alix n'avait assisté à un tel prodige. Directement connectés à la piste électrifiée, les fulgurs débordaient d'énergie et leur vitesse croissait continuellement.

Ils passèrent à toute vitesse devant les brancardiers.

– Allez, Marcus ! clama Traex.

– Allez, Marcus ! répéta Alix, tellement heureuse qu'il s'en soit sorti.

Elle compta les concurrents restants. Douze. Un Indigo et un Vert avaient chuté lors de l'éclair. La jeune fille espéra que chevaux et cavaliers allaient bien.

– Prépare-toi, l'avertit Traex. Plus ça avance et plus les risques augmentent.

La foudre frappait l'obélisque sans relâche. La pluie grésillait au contact de la piste surchauffée et une fumée âcre s'élevait au-dessus de l'acier. Dans l'empreinte des fers bosselant le métal, les flaques bouillaient.

– Ils reviennent, annonça Traex.

Aeris s'incurva en souplesse autour de la *meta*, ce qui lui permit de gagner une place, mais un fulgur noir le serrait de près.

– Attention ! avertit Alix, comme si son ami pouvait l'entendre.

Le cheval noir s'insinua dans l'espace laissé par Aeris et les deux animaux se heurtèrent avec violence. Le noir tendit les mâchoires vers Marcus. Sa robe sombre s'éclaircit, comme l'électricité crépitait en lui. Son cavalier lui tordit la bouche pour le maîtriser, mais cela ne fit qu'exciter la fureur de l'étalon. La foudre explosa hors du cheval.

– Non ! hurla Alix.

Marcus esquiva, mais la décharge électrocuta le cavalier bleu qui s'effondra sur l'encolure de son étalon. La jeune fille ravala bruyamment son air.

– Ne t'inquiète pas, assura Traex. Tout va bien. Marcus n'a pas été touché.

– Et l'autre ?

– Je ne sais pas. La décharge a pu le tuer sur le coup.

C'était un esclave comme moi, se dit Alix, amère. *On l'a mis sur le dos des chevaux depuis qu'il est enfant, et maintenant il est mort avant d'être devenu adulte...*

– Alix, concentre-toi ! la réprimanda Traex. Tu rêvasses. On doit protéger les nôtres.

– Je sais.

Si seulement elle avait pu être sur le dos d'Aeris à la place de Marcus ! Elle se serait moins inquiétée.

– Virage, annonça Traex. Tiens-toi prête.

La jeune fille se demanda comment il arrivait à suivre la progression de Marcus sans le voir. Au bruit peut-être, ou bien calculait-il les foulées des chevaux dans sa tête.

Les fulgurs revenaient à bride abattue sur la piste noyée. Une brume de pluie et de fumée masquait leurs jambes. La foudre éclata soudain dans le peloton. Un arc électrique frappa deux étalons. Galvanisés, ils bondirent en avant, tandis que leurs cavaliers foudroyés chutaient sous les sabots.

– *Naufragium* ! hurla la foule.

Une explosion électrique enveloppa les malheureux. Paralysée par la surprise, Alix resta au bord de la piste à fixer les corps des hommes qui tressautaient au contact du métal. Au bout d'une longue seconde, ils cessèrent de bouger, affaissés en petits tas fumants sous la pluie, leurs membres tordus par les convulsions.

– C'est pour nous ! commanda Traex. On y va !

Les brancardiers s'élancèrent. Alix se rua à leur suite. Les chevaux sans cavalier continuaient de courir. Personne ne faisait mine de les arrêter. Ils étaient déjà trop loin pour qu'Alix les attrape et elle se désintéressa d'eux. Les bêtes n'étaient pas blessées ; mieux valait aider les hommes. Elle saisit l'un des blessés par les chevilles, tandis que Traex le soulevait par les aisselles. Malgré ses gants, elle sentit la vibration électrique qui traversait encore le corps de la victime. Était-il mort ? Ils le jetèrent sur un brancard.

– Dépêche-toi ! cria Traex.

Le sol vibrait sous leurs pieds. La foule poussa une immense clameur. Déjà les concurrents surgissaient au virage.

Affolée, Alix courut vers l'extérieur de la piste. Le souffle des fulgurs passa dans son dos. L'un d'eux l'effleura. Marcus ? Elle tomba à genoux près du mur, hors d'haleine.

– C'est du bon travail ! la félicita Traex. Tu as été très courageuse !

Le cœur de la jeune fille battait à tout rompre dans sa poitrine. Les jambes flageolantes, elle rejoignit l'attroupement qui s'était formé autour des blessés. Les médecins agenouillés près des corps alternaient massage cardiaque et bouche-à-bouche.

– Comment vont-ils ? demanda-t-elle.

– Tu as vu ça ? C'était violent ! répondit Traex. La combinaison atténue les coups de jus, mais quand même… bref, ne t'occupe pas d'eux. On a du travail.

Alix revint au bord de la piste et avec effarement, constata que les étalons sans cavalier couraient toujours.

– Personne ne les arrête ? s'exclama-t-elle.

– Pour quoi faire ? Regarde comme ils continuent à galoper. Ils veulent gagner ! Ce sont de bons chevaux, ajouta Traex avec respect.

– Mais il n'y a plus personne sur leur dos !

– C'est le fulgur qui compte. S'il fait ses sept tours et qu'il franchit en premier la ligne d'arrivée, il sera déclaré vainqueur.

La logique échappa à Alix, mais elle ne dit rien. Les étalons étaient en train de négocier le virage. Marcus passa en coup de vent devant eux, toujours bloqué à la troisième place. Il ne restait que trois tours. Alix se sentit un peu déçue.

– Allez, Marcus ! hurla-t-elle.

Mais il était déjà loin.

– Peut-il rattraper son retard ?

Traex eut l'air embêté.

– Les dieux ne sont pas avec lui aujourd'hui, grommela-t-il.

Au sixième tour, Marcus tenta une manœuvre périlleuse pour doubler un concurrent dans le virage, mais le fulgur de son adversaire se rabattit sur lui, auréolé de foudre et il tira sur les rênes pour ne pas être percuté.

Au septième tour, les brancardiers des Bleus entamèrent une danse de la victoire. Les Verts encourageaient le deuxième cavalier. Pour les Rouges, c'était définitivement trop tard. Marcus joua son va-tout dans la ligne droite. Aeris remonta petit à petit ses adversaires et un frisson d'espoir parcourut le dos d'Alix. En vain. Des hourras saluèrent le franchissement de la ligne d'arrivée.

Marcus se classa troisième.

Les Bleus paradaient quand Alix retrouva les membres de sa faction. Marcus et Flaccus se parlaient, face à face. L'entraîneur gesticulait ; Marcus restait très droit, comme s'il économisait le moindre de ses gestes. Finalement, ils se séparèrent. Alix courut le rejoindre.

– Je suis désolée, souffla-t-elle.

Sans y penser, elle toucha son bras pour le réconforter. Le contact de sa peau tiède lui donna l'impression de se brûler, et elle retira précipitamment sa main. Son ami ne parut pas remarquer son trouble.

– Avec Ira, j'aurais gagné, s'obstina-t-il.

– Flaccus refuse toujours de le faire courir ?

– Oui, c'est ridicule.

Il réfléchit, sombre.

– Tant pis, décida-t-il. On va le faire. Pourrais-tu m'aider ?

Elle hocha la tête avant de savoir ce qu'il allait lui demander.

– Je recours dans la cinquième. Une course facile. Elle ne rapporte pas grand-chose, mais je dois la gagner.

– D'accord, dit Alix machinalement.

– Avec Ira, précisa-t-il.

– Oh !

Elle marqua une pause.

– Tu veux que j'aille le chercher ?

– Oui. Quand Flaccus s'en rendra compte, il sera trop tard. Ensuite, il ne pourra que constater qu'Ira est le meilleur, et il me suppliera de l'engager dans la grosse course de cet après-midi.

Alix ne savait pas trop quoi penser de son plan. Les accidents de ce matin l'incitaient à la prudence. S'il faisait naufrage avec Ira…

– Il n'y aura pas d'accident, asséna-t-il comme s'il avait lu dans ses pensées. Pas dans cette petite course ridicule ! Pas avec moi !

Elle le crut.

– D'accord, déclara-t-elle. Je vais le faire.

Chapitre 20

Alix courait comme une folle dans le labyrinthe de couloirs du cirque. La confusion qui y régnait couvrait sa fuite. Personne ne chercha à la retenir, et lorsqu'elle se retrouva dehors, seule dans Rome, elle réalisa qu'elle pourrait s'échapper. Elle portait la tunique des brancardiers. Si on l'interrogeait, elle inventerait une excuse : elle devait quérir un vétérinaire, un remède ou transmettre un message.

Pendant qu'elle réfléchissait, ses pas se dirigèrent tout seuls vers les écuries. Oui, elle pouvait s'enfuir, mais elle laisserait Marcus et Ira derrière elle… À moins que…

Le portier la héla quand elle arriva, hors d'haleine, à la faction.

– Alors ? Comment ça se passe ?

– Mal ! Marcus a terminé troisième ! Flaccus veut Ira pour la prochaine course !

Le portier hocha la tête d'un air entendu. Bien sûr,

tout le monde avait confiance en Ira. Tout le monde sauf Flaccus !

Elle courut jusqu'aux box et découvrit Ira, qui piétinait, excité par l'orage. Il encensa à sa vue.

– Oui, je viens te chercher. Marcus ne peut pas se passer de toi.

Ils trottinèrent côte à côte. Le fulgur caracolait sous la pluie et lançait des ruades de joie. Le gardien leur ouvrit grand les portes. De nouveau, un espoir insensé enfla en Alix. Il lui suffisait de monter le cheval et de s'élancer vers la campagne. Personne ne la surveillait. Elle était seule avec Ira. Et si quelqu'un leur barrait la route, la puissance de l'animal le foudroierait.

Pourtant, quelque chose la retenait. Sa main moite glissa sur la bride. Partir sans Marcus l'emplissait de tristesse. Elle n'imaginait plus sa vie sans lui et Ira. Tous les deux avaient, à leur façon, comblé le vide laissé par la mort de son père.

Ses pensées confuses s'ordonnèrent. Les battements de son cœur ralentirent. C'était la bonne décision : elle allait amener Ira à son ami, il allait gagner et ils seraient ensemble. Libres enfin.

Radieuse, elle conduisit le fulgur au cirque. Marcus l'attendait à l'abri d'une arche. Il eut l'air soulagé de la voir. Avait-il pensé qu'elle pourrait se sauver ? Elle ouvrit la bouche pour le lui demander, mais il la devança :

– La course va commencer dans un instant. Aide-moi à préparer Ira.

– Où est Flaccus ?

– C'est bon, il est occupé. Il y a encore eu un accident, ajouta-t-il, sinistre. Pollux va mal.

– L'étalon gris ?

– Il a chuté sur la piste d'acier. Il a peut-être la jambe cassée.

– Cassée ?

Alix s'étrangla.

– Mais alors, il…

– Oui. S'il ne peut plus courir, ils abrégeront ses souffrances.

– Non…

Les larmes montèrent aux yeux de la jeune fille. Elle imaginait Ira, les jambes brisées, étendu sur la piste.

– Tout se passera bien, affirma Marcus. C'est une course facile.

– Je sais.

Mais elle nota que les mains de son ami tremblaient lorsqu'il vérifia la bride et la selle de l'étalon.

– Tu as peur ? demanda-t-elle sévèrement.

– C'est l'excitation, corrigea-t-il.

Elle le regarda dans les yeux, longtemps, et dans ses prunelles brillantes, c'est bien l'excitation qu'elle lut. Il était prêt. Ira était prêt. Tout allait bien se dérouler.

– Aide-moi à l'amener dans les stalles de départ. J'ai tiré la deuxième à droite.

Ira sentit la ferveur ambiante, la présence des autres chevaux et surtout, le déchaînement du déluge martelant la piste électrique juste derrière les portes. Le pousser dans les *carceres* donna du mal aux deux jeunes gens et

Alix se glissa hors de la stalle au dernier moment. La course n'allait pas tarder à commencer.

Tout allait bien se passer.

Alix s'apprêtait à rejoindre son poste au bord de la piste, quand elle se heurta à un homme. Flaccus l'écarta sans ménagement.

– Marcus ! cria-t-il.

Le cavalier ne se retourna pas. Il était concentré sur son départ, déjà dans la course.

L'entraîneur saisit la jeune fille par la bretelle de sa tunique. Ses pieds quittèrent le sol.

– Hé ! Lâchez-moi !

– Tais-toi, idiote ! Sur quel cheval est monté Marcus ?

– Un noir.

– Je le vois bien. Son nom ! Parle ! vociféra-t-il en la secouant.

– C'est Ira.

– Folle ! hurla-t-il. Et lui aussi ! Par Junon ! Qu'avez-vous fait ?

Elle répéta la litanie de Marcus, avec la même assurance tranquille :

– Tout va bien se passer.

Elle avait même réussi à imiter l'intonation de sa voix.

– Non ! s'écria Flaccus. Au contraire ! Tu ne comprends rien !

Il fouilla dans sa tunique et en exhiba la lamelle de

plomb qu'elle avait trouvée ce matin dans la stalle de l'étalon.

– Tu sais ce que c'est, ça ? brailla-t-il.

Il lui postillonna sur la figure, mais elle ne recula pas, et l'affronta du regard.

– C'est une tablette de malédiction !

Il avait parlé trop fort, et plusieurs personnes se tournèrent vers eux. Le mot « malédiction » éclata dans le silence gêné. Les palefreniers s'entre-regardèrent, livides. Alix jeta un oeil dans la direction des *carceres*. Marcus n'avait pas pu entendre.

– Écoute, reprit Flaccus.

Il lit :

– Je te conjure, démon, quel que soit ton nom, je te supplie à compter de cette heure, de ce jour, de cet instant de rendre fou le cheval rouge Ira, et de lui faire percuter la *meta* et exploser de mille éclairs pour tuer le cavalier Marcus.

Le sang d'Alix cailla dans ses veines. Elle avait l'impression que les mots épouvantables résonnaient dans son crâne vide. Elle avait besoin d'une idée, tout de suite !

– Marcus et Ira ont été maudits, cracha l'entraîneur. Ils vont se faire tuer !

– J'y vais, dit-elle d'une voix blanche. Je vais l'arrêter. Moi, il m'écoutera.

Elle détala vers les *carceres*. Elles lui paraissaient si loin. Marcus était une petite silhouette casquée, inaccessible.

– Marcus !

Elle hurla à se casser la voix :

– Ne pars pas ! Ne…

Au même moment, la clameur stridente des trompettes déchira le silence et couvrit son appel. Les portes des *carceres* s'ouvrirent. Les chevaux bondirent et Alix se retrouva face à la piste, fouettée par une bourrasque de pluie.

Trop tard.

Marcus était parti.

Chapitre 21

Sans attendre, Alix se rua à son poste. Accomplir son travail était désormais l'unique moyen d'aider ses amis.

Traex lui jeta un coup d'œil narquois quand elle arriva, rouge et essoufflée.

– Où étais-tu ? Avec Marcus, je parie ! Finalement, il monte Ira. Flaccus a changé d'avis, c'est bien !

Alix garda le silence et évita soigneusement son regard. Inutile de lui parler de la malédiction. Ce n'était qu'une stupide superstition des Romains. Rien n'allait se passer. Elle avait été bête de s'affoler et d'entrer dans le jeu de Flaccus. Dans sept tours, elle savourerait l'humiliation de l'entraîneur.

– Comment ça se présente ? demanda-t-elle. J'ai raté le départ.

– Bien ! répondit Traex avec enthousiasme. Ira a négocié un excellent virage. Il est deuxième pour l'instant. Regarde, les voilà !

Les fulgurs surgirent à la borne et Alix retint une exclamation étouffée. Marcus était en tête ! Juste derrière lui venait un cavalier bleu. Ils passèrent en trombe devant les brancardiers et la jeune fille éprouva une bouffée de fierté à voir Ira dans la course. Il était magnifique.

– Il va gagner ! dit-elle à Traex.

– Oui, j'en suis sûr moi aussi.

Au troisième tour, Marcus et le Bleu étaient toujours au coude à coude. Alix restait confiante. Quand le fracas d'un accident résonna derrière la *spina*, elle ne perdit pas son calme, convaincue qu'il s'agissait d'un autre cavalier et en effet, Marcus apparut aussitôt toujours en tête. Ira tourna si près de la borne que la foule poussa une clameur unanime, un « hoooo » qui se prolongea en une note admirative. Il était en train de le faire : il allait gagner !

– Vas-y, Marcus !

Traex mêla sa voix à celle d'Alix.

Ira galopait à la même hauteur que le fulgur des Bleus, mais peu à peu, il le dépassait. Naseaux, chanfrein, tête… L'autre cheval ne pouvait rivaliser avec sa spectaculaire endurance. Les Rouges allaient gagner.

Et alors, tout dérapa.

Le cavalier bleu se voyant battu leva sa cravache et l'abattit de toutes ses forces sur la tête de l'étalon noir. La lanière atteignit le fulgur sur le chanfrein, là où Cornélius l'avait jadis frappé.

Ira devint fou.

Il se figea en hennissant, les sabots arrachant à la piste une gerbe d'étincelles bleutées. L'énergie afflua dans son corps. Pendant une fraction de seconde, il devint presque blanc, et dans un horrible craquement de foudre, il déchargea un gigantesque éclair. Marcus se dressa le plus haut possible sur les étriers, mais l'électricité passa à travers ses bras, ses jambes pour foudroyer son cœur. Il retomba comme une masse sur l'encolure de son cheval, perdit l'équilibre et bascula.

– Noooon ! hurla Alix.

S'il touchait la piste, il mourrait. Heureusement, au dernier moment, son pied se coinça dans l'étrier et Ira emporta au grand galop son corps mou ballottant contre ses jambes.

Alix se plaqua les mains sur la bouche. À côté d'elle, Traex répétait : « Non, non, non ! »

– Il faut arrêter Ira, s'entendit-elle prononcer. Marcus risque de tomber sur la piste.

– Comment comptes-tu t'y prendre ?

– Je ne sais pas.

L'étalon noir était déjà loin. Elle ne pouvait pas le rattraper, juste prier pour qu'un brancardier tente de l'intercepter de l'autre côté de la *spina*. Tous les chevaux étaient passés devant eux. La jeune fille avança sur la piste.

– Qu'est-ce que tu fais ? lui demanda Traex.

– Si personne n'a pu arrêter Ira, je vais le faire, moi.

– Es-tu folle ? Je n'ai jamais vu un cheval aussi

effrayé de toute ma vie. Il ne te reconnaîtra pas. Il va te piétiner ou te foudroyer !

– Je prends le risque !

Le cavalier bleu apparut au virage, en tête. Bien sûr, il avait eu ce qu'il voulait, mais à quel prix ? Derrière lui venait Ira, écumant, les naseaux dilatés. Alix comprit ce que Traex voulait dire. Il allait l'écraser. Sauf si…

– Ira ! Ira, c'est moi !

Il ne ralentit pas.

– Ira !

Elle se trouvait au beau milieu de la piste. Quelqu'un cria, juste au-dessus d'elle. Tout le cirque retenait sa respiration. Il allait y avoir des morts, du sang ! C'était une belle journée pour les spectateurs.

Ira était presque sur Alix.

Le cavalier bleu pouvait l'écraser, mais il l'évita de justesse et elle sentit le souffle du fulgur sur sa droite. Elle ne réfléchit pas. Ira la frôla. Elle empoigna sa crinière et, emportée par son élan faramineux, donna un coup de pied sur le sol et s'envola. Elle atterrit lourdement sur le dos de l'étalon noir.

La foule hurla. Ce n'était plus une course, mais un spectacle d'acrobate. Alix grimaça de douleur. Ira était encore chargé d'électricité. Des coups d'aiguilles lardèrent ses jambes. Son cœur s'affola, mais elle tint bon, encaissant les menues décharges. Ce n'était rien à côté de la souffrance qu'avait dû éprouver Marcus. Les dents serrées, la jeune fille se pencha pour tenter de saisir le bras ballant du garçon. Impossible. Son pied glissait de l'étrier. Elle nota l'angle douloureux que formait sa cheville – vraisemblablement brisée. S'il tombait, il serait lâché juste sous les sabots des autres concurrents. Elle devait réussir à faire dévier sa monture pour que les brancardiers réceptionnent Marcus. Elle tira la bride sur la droite, tout en parlant avec douceur.

– Ira, je t'en prie, je t'en prie. Tu le tues. Tu es en train de le tuer.

Comprenait-il ? Savait-il que c'était elle, le poids plume sur son dos ? Malgré la peur, malgré la douleur, l'étalon se déporta sur la droite. Foulée après foulée, il ralentit et s'arrêta enfin, à l'extérieur de la piste.

Les brancardiers se précipitèrent à leur rencontre.

Alix sauta à terre tout en tenant Ira par les rênes. Elle désirait porter secours à Marcus, frapper sa poitrine pour faire repartir son cœur, souffler de l'air dans ses bronches. Mais elle devait s'occuper de l'étalon. Elle seule pouvait l'approcher alors qu'il menaçait de cracher à tout moment un nouvel éclair. Il était terrifié. Il avait mal. Mais Marcus… Marcus était étendu, pâle, immobile sur le sol. Sa poitrine ne se soulevait plus ; son cœur s'était arrêté.

– Est-ce qu'il est…

Elle ne put continuer. Une boule lui obstrua la gorge. Les larmes se mirent à couler. Les médecins ne répondirent rien et emportèrent le corps inanimé de son ami, mais leur expression grave ne lui laissa aucun doute. C'était fini.

Elle l'avait tué. Tout était sa faute.

Un vétérinaire se précipita pour aider Alix, mais à sa vue, Ira se cabra, projetant sur elle des gouttelettes de sang. Saturée d'électricité, sa peau noire luisait encore faiblement dans la pénombre orageuse.

– N'approchez pas ! ordonna la jeune fille.

Le fulgur roulait des yeux terrifiés. Ses flancs palpitaient. Sans le toucher, elle lui parla d'une voix calme et neutre. La zébrure sur son chanfrein lui donnait la nausée. Comment le cavalier bleu avait-il pu oser un pareil geste ? C'était un acte criminel ! Les autres concurrents étaient prêts à tout pour gagner. Vraiment à tout. Quitte à les écraser sur leur passage. Ils couraient après la récompense, et au-delà, après la liberté promise. Comme elle. Comme elle avant. Était-ce à cela qu'elle voulait ressembler ?

– Que puis-je faire pour t'aider ? demanda le vétérinaire. Il faut nettoyer la plaie.

– Je vais le faire.

– D'accord, je vais te donner de quoi le soulager.

L'homme la conseilla à distance pendant qu'elle soignait la blessure d'Ira. Encore une cicatrice pour son cheval. Il en avait plus qu'elle… Elle, c'était son âme qui partait en lambeaux. Elle essayait de se concentrer sur le fulgur, mais ses pensées revenaient sans cesse à Marcus. Il était mort. Mort pour son rêve.

Finalement, Ira se calma. Elle l'attacha à l'écart de la foule et recommanda aux palefreniers de ne pas l'approcher. Elle reviendrait plus tard. Il fallait qu'elle sache.

Alix trouva facilement l'endroit où le jeune homme avait été allongé. Un attroupement s'était formé autour de lui, si dense qu'elle ne parvenait même pas à le voir derrière le rang des cavaliers, brancardiers, médecins et palefreniers… Toute la faction des Rouges semblait s'être rassemblée.

S'il est mort, je ne le supporterai pas, pensa-t-elle, la gorge serrée. *Par tous les dieux, j'ai déjà perdu mon père… Si on m'enlève Marcus, je ne m'en relèverai pas.*

C'était la haine qui l'avait fait tenir après sa capture. Elle s'était relevée grâce à Ira, épousant la flamme qui l'animait, la rage d'en découdre. Puis Marcus avait effacé sa colère avec son beau sourire.

Elle se vida de son courage, de son espoir, se retrouva comme une coquille fragile au bord de la rupture. Ses épaules se voûtèrent. Les genoux tremblants, elle tituba vers son ami, la main sur la bouche. Les larmes coulaient silencieusement sur ses joues. Elle tomba à quatre pattes.

Entre les jambes des hommes, elle discerna la silhouette de Marcus, livide. Sa cheville formait un angle bizarre. Quelqu'un lui avait ôté ses gants. Des brûlures atroces lui rougissaient les mains.

– Non !

Elle se releva en chancelant et se précipita vers lui. Des coudes, elle se fraya un passage dans la troupe.

Flaccus la toisa, mais ne dit rien. Elle s'écroula près de Marcus et toucha son visage – tiède.

– Il respire ! Il est vivant !

– S'il te plaît, dit le médecin. Ne le touche pas. Il est gravement brûlé et la décharge a arrêté son cœur pendant quelques instants.

Alix recula de quelques centimètres.

– Il va se réveiller ? demanda-t-elle.

Le visage du médecin se troubla et elle comprit avec un temps de retard qu'elle pleurait ouvertement devant tout le monde.

– Je ne sais pas. La décharge aurait dû le tuer, mais il a tenu le choc. Il est dans le coma.

– Nous entend-il ?

– Je ne pense pas.

Les regards des hommes s'appesantissaient sur elle. Elle sentit le rouge congestionner sa nuque et monter à ses joues. La tenaient-ils pour responsable de ce malheur ? Si elle n'avait pas amené Ira à Marcus, il serait encore debout, vivant, prêt à disputer la course suivante.

Elle les regarda, mais ne lut nul reproche dans leurs yeux brillants de larmes. Eux aussi étaient dévastés. Flaccus s'avança.

– S'il se réveille, est-ce qu'il va se rétablir ? demanda-t-il au médecin.

Celui-ci fit la moue.

– La fracture est mauvaise, mais les os vont se ressouder. Il gardera peut-être une raideur. Par contre pour le cœur, après un tel choc, ce serait périlleux de le remettre sur le dos d'un fulgur.

Alix se pétrifia, et dans un brouillard d'épouvante, elle entendit le médecin déclarer, de très, très loin, presque inaudible :

– La carrière de Marcus est finie.

Chapitre 22

Les jeux ne s'étaient pas interrompus. Malgré l'accident, le spectacle continuait. Les chevaux se succédaient sur la piste. Un cavalier remplaça Marcus dans l'arène, mais ses performances s'avérèrent médiocres. Aucun Rouge ne se classa. Les partisans de la faction hurlaient de rage dans les tribunes. Ceux qui avaient parié sur eux s'arrachaient les cheveux. Peut-être étaient-ils ruinés ? Se pouvaient-ils qu'ils aient vraiment tout perdu, uniquement parce que leurs chevaux n'avaient pas franchi la ligne d'arrivée en premier ? Alix avait de la peine à s'intéresser à leur sort.

Elle s'attendait à ce que Flaccus la frappe, mais il lui parla d'une voix atone.

– Rentre Ira, souffla-t-il seulement.

Elle s'occupa du fulgur. Elle le bouchonna longtemps, pour se changer les idées. Le visage livide de Marcus la hantait.

Deux médecins le ramenèrent à la faction dans

l'après-midi, sur un brancard. Elle se précipita à leur rencontre, mais ils secouèrent tristement la tête.

– Il est toujours inconscient, annonça l'un d'eux.

– Où l'emmenez-vous ?

– Dans sa chambre.

– Je vais m'occuper de lui, proposa-t-elle.

Les médecins s'entre-regardèrent, perplexes.

– Comme tu voudras, finit par lâcher le second.

Elle les accompagna dans la chambre du cavalier. Les deux hommes installèrent le blessé avec douceur sur son lit.

– S'il se réveille, il ne doit pas bouger, d'accord ? lui dit l'un d'eux.

Alix acquiesça avec vigueur.

Enfin, elle se retrouva seule avec son ami. Le temps passa. Rien ne changeait. L'orage ne faiblissait pas. La foudre éclairait les murs de la chambre de Marcus à intervalles réguliers, et le tonnerre roulait, couvrant les bruits des gens dans la cour. Tout le monde était rentré. Le lendemain débuterait une nouvelle journée de courses. La faction tout entière défila auprès de Marcus. Alix resta assise sur le sol, près de lui. Il ne se réveilla pas.

Quand Flaccus pénétra dans la pièce à son tour en compagnie de Caius, elle se raidit, mais le maître se contenta de regarder son champion, les mâchoires contractées, avant de tourner brusquement les talons et de disparaître.

Ne resta que Flaccus. Le silence s'installa, pesant. Alix fixait un angle de la pièce pour ne pas croiser ses yeux. Attendait-il quelque chose d'elle ?

– La malédiction a fonctionné, finit-elle par lâcher.

Elle n'avait pas parlé depuis des heures et sa voix s'enroua en un murmure rauque. Elle se racla la gorge.

– Je suis désolée.

– Ce n'est pas ta faute, rétorqua Flaccus. C'est le fils de chien qui a fait cette tablette qui a condamné Marcus.

Alix ne dit rien. Cela ne la soulageait guère de rejeter la faute sur un inconnu superstitieux. Cette lâcheté ne ramènerait pas son compagnon.

– Mon meilleur cavalier et mon meilleur cheval sont hors compétition maintenant, reprit l'entraîneur.

Un frisson parcourut le dos d'Alix. « Mon meilleur cheval » : pensait-il donc cela d'Ira ?

Il continua, se parlant à lui-même :

– Je vais être renvoyé. Nos résultats sont inacceptables.

– Demain…

– Ce sera pareil ! la coupa-t-il avec fureur. Mon meilleur cavalier était Marcus ! Et sa carrière est terminée !

Aussi soudainement que Caius, il s'enfonça dans l'obscurité.

Les heures passèrent. Alix scrutait le visage de son ami, dans l'espoir que ses paupières frémissent, que son souffle s'accélère, mais il demeura inerte. Les muscles de la jeune fille s'engourdissaient au contact du sol froid. Elle resta assise près du lit, sa main n'osant prendre celle de Marcus, rougie et cloquée par les brûlures.

Malgré elle, ses pensées dérivèrent vers leur dernier baiser. Cela lui paraissait tellement loin – irréel.

Elle se redressa sur les talons, et approcha ses lèvres de la bouche du cavalier. La première fois, elle ne savait pas ce qu'elle faisait, il l'avait surprise. Mais c'était différent à présent. Elle l'embrassa.

Les lèvres de Marcus s'incurvèrent en un sourire contre les siennes.

De surprise, elle se rejeta en arrière.

– Quoi, c'est déjà fini ? croassa-t-il d'une voix enrouée.

Le brun pétillant de ses iris, voilé par la souffrance, la regardait du fin fond de ses yeux cernés. Son petit sourire était douloureux à soutenir. Les yeux d'Alix s'emplirent de larmes.

– Tu vas encore pleurer ? s'amusa-t-il.

– Depuis quand…

La boule coincée dans sa gorge l'empêcha de terminer.

– Un moment, répondit-il.

– Tu faisais semblant de dormir !

– Tu me connais. Je suis paresseux.

Il grimaça.

– Tu as très mal ?

– Je survivrai.

– Marcus… Ta cheville…

– Oui, elle est cassée.

Sa voix était la même qu'avant, avec ses intonations nonchalantes. Il était toujours Marcus, mais la foudre l'avait traversé et avait atteint son cœur. Des crampes à l'estomac menacèrent de briser la jeune fille en deux. La main sur le ventre, elle se voûta.

– Hé, ça va ? s'émut Marcus. Tu veux que j'appelle un médecin ?

– C'est toi qui me demandes ça ?

– Toi aussi tu as eu un accident ?

– Quoi ?

Elle comprit qu'il était sérieux et un fou rire moussa dans sa gorge.

– Tu crois que j'ai pris ta place ? demanda-t-elle en haletant.

– Ben oui, avec Ira.

Elle rit si fort qu'il fut gagné lui aussi par l'hilarité. Tout était toujours si simple avec lui. Il se faisait électrocuter ? Pas de problème. Alix était là pour le remplacer au pied levé !

– Aïe mes côtes, gémit-il.

– Excuse-moi…

– Oui, ne me fais pas rire, s'il te plaît !

– C'est toi qui as commencé !

– Pourquoi ? Parce que je te crois capable de me remplacer ?

Elle pouffa nerveusement.

– Tu es sérieux ?

– Je peux difficilement me remettre en selle, là.

Elle passa du rire aux larmes.

– Je suis désolée…

– Pourquoi ? Ce n'est pas ta faute. C'était un accident.

– Un accident ? Ce type a frappé Ira. Volontairement.

– Cela arrive. Ce sont les règles. Les cavaliers poursuivent leurs rêves.

Il s'empara prudemment de la main de son amie.

– Je ne renoncerai pas au nôtre.

– Mais comment ? balbutia-t-elle.

– Peux-tu faire ça pour moi ?

– Quoi ?

Elle tremblait. Elle savait ce qu'il allait dire :

– Monter Ira dans la course, demain.

Chapitre 23

– Tu dépasses les bornes, Claudia !

Rouge de colère, Flaccus la tira par le bras avec tant de violence qu'il lui distendit l'épaule. Elle rata une marche et manqua s'effondrer contre lui. Il avançait à grandes enjambées, si vite qu'elle devait trottiner pour rester à sa hauteur.

– Tu nous insultes tous ! Si cela ne tenait qu'à moi…

– Caius décidera ! Lâchez-moi à la fin, je peux marcher normalement !

– Je n'ai pas de temps à perdre avec toi. Les courses démarrent dans deux heures. Tout doit être prêt. Il ne manquerait plus que nous soyons éliminés par forfait !

Ils déboulèrent au pas de charge dans le bureau du maître. C'est à peine si celui-ci releva la tête.

– J'ai l'impression d'avoir déjà vécu cette scène, s'amusa-t-il tristement.

– Excuse cette irruption grossière, mais Claudia a

décidé de monter Ira à la place de Marcus ! s'exclama l'entraîneur.

– C'est l'idée de Marcus, n'est-ce pas ?

Alix acquiesça du menton.

– C'est une électrocution qu'il a subie ou un coup de foudre ? commenta Caius avec un sourire sans joie.

– Marcus pense que je peux gagner, éluda Alix. Avec Ira.

– Avec Ira, oui, bien sûr…

Il plissa les yeux.

– Un cheval qui a failli le tuer.

– Ce n'était pas sa faute ! C'est le cavalier bleu qui…

– Tais-toi ! ordonna l'entraîneur. Un cheval qui a peur du fouet n'a rien à faire dans une course.

– Je pourrais l'habituer.

– En une heure ? La course a lieu ce matin !

– Ça se passera bien. Je serai avec lui. Il ne paniquera pas.

– Je te crois, intervient Caius.

Cette petite phrase remplit Alix de fierté, mais l'entraîneur se tordait les mains.

– On va perdre nos chevaux, se lamenta-t-il, et la course. Et toi aussi, gamine. Tu veux finir brûlée, ou pire ?

– Oui, renchérit le maître. Dis-nous ce que tu penses au fond de toi. Sois sincère. Je saurai si tu mens. Tu crois que tu peux gagner ?

– Oui.

Elle avait répondu sans hésiter et même Flaccus

tressaillit. Il déplaça son poids sur sa jambe gauche et se tortilla. Pendant un long instant, il chercha une parade, pour finalement gémir d'une voix piteuse :

– C'est une fille. Le règlement interdit qu'elle coure.

– Le règlement ? releva Caius, dubitatif. Sur la piste, tous les coups sont permis, tu le sais. Alors, une fille ? Pourquoi pas ?

– Une gamine ! Une fermière ! Dans une course de fulgurs !

– Marcus l'a formée.

– Mais nous parlons des courses du Déluge ! Du circus Maximus !

– Crois-tu que je l'ai oublié ? le coupa sèchement Caius.

Flaccus se tassa sur lui-même. La sueur perla à ses tempes et la rougeur de ses joues laissa place à une pâleur mortelle.

– La journée d'hier était désastreuse, soupira le maître. Notre cote s'effondre. Aujourd'hui, tout le monde pariera contre nous. Si nous ne gagnons rien, l'honneur de notre faction sera terni à jamais.

– Alors nous le confions à une fille ? ne put s'empêcher d'objecter l'entraîneur.

Son dégoût surpassait la peur de son maître. Alix en fut mortifiée. Il la détestait donc à ce point… Caius la dévisagea entre ses paupières mi-closes. Elle n'osa pas interrompre sa réflexion.

– Tu courras. La première course. Une seule chance.

Si tu perds, je vous vends tous les trois, toi, Flaccus et le cheval. Sortez, maintenant.

Et d'un geste nonchalant, il les chassa du bureau.

La rumeur se propagea à toute allure. Colportée par les palefreniers et les cavaliers de la faction, elle devança Alix au circus Maximus. Elle se sentait mal à l'aise dans sa tenue de cavalière. Le manteau était trop long. Le bout des manches lui tombait sur les mains. À l'inverse, les lanières et les bourrelets de cuir qui lui protégeaient le torse lui comprimaient les seins. Elle flottait dans les bottes. Traex lui aurait été d'un grand secours, mais elle ne le trouva nulle part. Peut-être se cachait-il ? Ou alors, les autres cavaliers l'avaient menacé des pires représailles s'il l'aidait. Tout était possible.

Rejoindre le cirque fut une épreuve. La foule la huait, partisans des Rouges compris. Les adeptes des autres factions s'esclaffaient.

– Une fille va monter un fulgur chez les Rouges !

– Une palefrenière a volé la place des cavaliers !

– Rentre chez toi !

– À la cuisine !

Les moqueries et la haine accompagnaient son lamentable trajet. Des mains se tendaient pour la toucher ou l'attraper. Heureusement, des soldats s'interposèrent pour obliger la foule à reculer, mais de peur, la jeune fille donna un petit coup sur les rênes et Ira partit au trot.

– Rouges ! Au pas ! ordonna un soldat.

Alix fit ralentir son cheval qui encensa, agité.

– C'est une cavalière ça ? s'exclama-t-on dans le public.

– Je pourrais faire mieux qu'elle !

– C'est pour un spectacle ? Elle ne participe pas vraiment à une course, si ?

L'estomac d'Alix se tordait d'angoisse. Elle lutta pour ne pas partir au galop se cacher, et pendant ce qui lui sembla une éternité, elle supporta les quolibets. Même les femmes la conspuaient. À bout, elle se redressa et se composa un masque froid, le regard fixe, les mains serrées sur les rênes.

Entrer sous les arches du cirque lui procura un bref soulagement. Mais ici aussi, elle ne rencontra qu'hostilité. Un crachat l'atteignit à l'épaule. Les plus indulgents se contentèrent de lui tourner le dos.

– Voleuse ! s'écria un cavalier rouge. C'était ma course, ma place !

– C'était celle de Marcus, rectifia-t-elle, amère.

– J'espère que tu te feras tuer !

Alix pensa avec vertige à toutes les plaquettes de malédiction qui devaient porter son nom.

– Notre cote s'effondre, lui apprit Flaccus. Même les partisans des Rouges parient contre toi.

– Quelle surprise… Tout le monde m'a déjà jugée, uniquement parce que je suis une fille.

– Cesse de te plaindre. On doit participer au tirage au sort qui déterminera ta place dans les *carceres*.

Maussade, elle se dirigea vers les juges, mais un officiel lui barra la route.

– Les filles ne peuvent pas participer au tirage au sort, énonça-t-il. Les dieux en seraient offensés.

Alix serra les poings, mais au moment où elle allait protester, Flaccus posa sa grosse main sur son épaule.

– Je tirerai la boule pour elle, dit-il.

Les deux hommes se défièrent du regard, puis enfin, l'officiel capitula.

– Très bien.

Alix expira bruyamment.

Flaccus tira la stalle du milieu. La jeune cavalière aurait préféré être tout à gauche ; la *linea alba* franchie, elle allait devoir se rabattre contre la *spina* à tout prix. Les autres concurrents se dirigeaient déjà vers les *carceres* et elle avait encore les rênes à la main. Elle croisa le regard de Flaccus. Les mâchoires serrées, il l'aida à finir de s'équiper. Il jouait aussi gros qu'elle.

– Je vais t'amener dans les *carceres*, proposa-t-il.

Mais dès qu'il s'approcha d'Ira, l'étalon coucha les oreilles et frappa le sol du sabot.

– Quel démon !

– Laissez, je vais essayer toute seule, déclara Alix.

À force d'encouragements, pas à pas, elle dirigea l'étalon vers leur stalle de départ. Les flancs d'Ira s'enflaient et s'abaissaient rapidement. Il poussa un hennissement fiévreux.

– Ça va aller, dit-elle, sans vraiment y croire.

Elle se hissa en selle et son regard se fixa sur la porte fermée. Le fulgur était tendu comme un arc. Sa tension faisait frémir les guides entre les doigts de la jeune fille. Les oreilles plaquées en arrière, Ira frappait sans relâche le sol du sabot.

Alix essaya de ne penser qu'au moment présent. Si elle s'imaginait lancée à pleine vitesse sur la piste, elle en mourrait d'angoisse. Pourtant dans quinze minutes, tout serait fini. Elle serait morte. Ou victorieuse.

Chapitre 24

Les trompettes résonnèrent et les portes des *carceres* s'ouvrirent devant Ira. Alix franchit le mur glacé de l'averse avec un cri de douleur : en bondissant en avant, l'étalon avait violemment tendu les rênes. L'espace d'une seconde, elle crut que ses épaules s'étaient déboîtées, mais elle était toujours en selle, cramponnée aux guides. La pluie l'aveuglait. Les gens hurlaient. Les sabots des quatorze chevaux martelaient le sol et elle évoluait dans un brouillard gris qui ruisselait sur sa peau. Avait-elle réalisé un bon départ ? Était-elle dernière ? Elle ne contrôlait rien ! Comme ses pensées s'éparpillaient, elle se raccrocha à la seule règle des courses : galoper en ligne droite jusqu'à la *linea alba*.

Le trait se rapprocha à toute vitesse et l'instant d'après, il fut dépassé. Alors les fulgurs bougèrent. Alix se retrouva sur la trajectoire d'un Vert ; elle ne pouvait pas l'éviter ! Elle ferma les yeux en poussant un gémissement de peur. L'autre l'esquiva par miracle et la foule rugit son enthousiasme. Admiraient-ils son courage ? Seule la stupéfaction l'avait fait braver la charge de son concurrent ! Il lui fallait pourtant se ressaisir et contrôler Ira pour le ramener vers la gauche. Heureusement, le cheval dévia de lui-même pour se rapprocher du mur de la *spina*.

Voilà, c'est bien, tout va bien ! Concentre-toi, s'intima Alix. *Accompagne-le. Fais de ton mieux pour ne pas le gêner !*

Dans la bousculade, les couleurs dansaient devant ses yeux. La vitesse et la violence de la course la sidéraient. Déjà, le premier virage se précipitait vers elle.

Elle voulut inciter sa monture à rester près de la borne, mais elle ignorait comment s'y prendre : Ira comprit son intention. Il se rua dans une brèche ridiculement petite, arrachant à Alix un cri de frayeur : ils allaient percuter un autre cheval !

– Par Hercule ! s'écria le cavalier violet.

Il s'écarta au dernier moment, évitant un naufrage collectif. Le manque d'expérience d'Alix lui faisait prendre des risques insensés, mais passait sans doute pour une témérité éblouissante aux yeux des spectateurs. Le cirque hurlait son plaisir. Tous l'imaginaient déjà en miettes !

Ils tournèrent si près de la borne que la jeune fille sentit la froideur de la pierre contre son bras.

Encore treize virages comme ça et elle en aurait fini…

Je ne vais pas m'en sortir, songea-t-elle, affolée.

Ira galopait le long de la *spina*. Enivré par l'orage, il se débattait contre sa cavalière. Chaque contact avec la piste lui procurait une décharge d'énergie qui le galvanisait. Sa crinière et sa queue s'étaient embrasées. Si Alix perdait l'équilibre, elle chuterait le nez dans ce buisson ardent de poils électriques, dressés et gonflés sur l'encolure brillante. La jeune fille avait toutes les peines du monde à rester debout sur les étriers. Brûlés par les rênes, ses doigts se couvraient d'ampoules malgré les gants. Comment les cavaliers faisaient-ils pour gérer simultanément leur équilibre, leur monture, la vitesse et les autres concurrents ? C'était trop, trop à la fois.

Alix jeta un coup d'œil sur sa droite. Les spectateurs dans les tribunes étaient réduits à une traînée floue de couleurs. Marcus n'avait pas menti quand il affirmait retenir les chevaux à l'entraînement.

Autour de la jeune fille, des crinières électriques se balançaient, ondulaient, des croupes se soulevaient et s'abaissaient. Les cravaches cinglaient les animaux rendus fous par l'orage et elle se souvint de sa promesse de tenir Ira à l'écart des lanières. Si elle le gardait à gauche, tout se passerait bien.

Le deuxième virage arriva. Ira s'enroula autour de la borne. Ils grappillèrent quelques centimètres d'avance. Derrière Alix, un vacarme épouvantable retentit. La foule hurla : « *Naufragium* ! » Qui venait de tomber ?

Impossible de se retourner. Elle devait creuser l'écart. Ils avaient déjà fait un tour. Elle voulait s'extraire de la mêlée des corps et des sabots. Si elle parvenait à prendre la tête maintenant, elle arriverait sans doute à la conserver tout au long de la course.

Soudain, une douleur cuisante lui cingla l'épaule. Des éclairs de souffrance lui déchirèrent le côté droit et elle faillit tomber. Un liquide chaud lui éclaboussa la joue. Son bras s'était arraché, elle en était sûre !

Elle se força à garder les yeux ouverts, à rester debout, en équilibre sur les étriers. Le sang poissait le col de sa tunique, mais ses bras étaient toujours là, bien cramponnés aux rênes. Avec ahurissement, elle comprit qu'elle venait de recevoir un coup de fouet. Était-ce un accident ou un cavalier l'avait-il délibérément frappée ?

La colère l'échauffa, mais la confusion qui régnait autour d'elle l'obligea à rester focalisée sur Ira. Le virage était de nouveau là. Une fois de plus, l'étalon effectua une manœuvre parfaite autour de la borne.

De retour dans la ligne droite, Alix aperçut de minuscules silhouettes qui s'élançaient à leur rencontre. Les brancardiers. Y avait-il eu un autre accident ? Dans le vacarme de la course, elle ne s'était rendu compte de rien. Elle dépassa en trombe la poignée de garçons accroupis sur la piste. Le fulgur accéléra encore. Il gagnait du terrain, lorsqu'un cheval se rabattit brusquement sur lui.

– Écarte-toi ! hurla le cavalier bleu. Laisse-moi passer !

Était-ce lui qui l'avait fouettée tout à l'heure ? La

jeune fille refusa de céder. L'épaule de l'autre cheval frappa celle d'Ira. Le fulgur noir poussa un ronflement sonore. Sa crinière parut grandir encore et l'électricité vint bourdonner à quelques centimètres du visage d'Alix.

– Écarte-toi ! répéta le Bleu. Ou ton cheval va te tuer !

– Non ! gronda la cavalière.

La robe d'Ira crépita d'étincelles. Des fourmillements remontèrent dans les mains et les pieds d'Alix. Elle serra les dents. Le grésillement s'intensifia. La douleur se propagea jusqu'à ses coudes et ses genoux. Le cheval adverse frappa de nouveau le sien de l'épaule, qui hennit de rage. Dans une fraction de seconde, il allait se défendre, envoyer une décharge d'énergie colossale qui traverserait sa cavalière aussi sûrement qu'elle avait traversé Marcus lors de la course précédente.

– Arrête, chuchota-t-elle. Ira, arrête, arrête.

Elle eut l'impression que le flamboiement de sa crinière baissait en intensité.

– Sors-nous de là ! Maintenant !

L'étalon noir allongea ses foulées et se décolla d'un bond de son adversaire. Alix releva les yeux et regarda entre les oreilles de sa monture. Avec stupeur, elle réalisa qu'elle et le Bleu étaient seuls en tête. Le tumulte s'assourdissait dans son dos. La piste s'étendait devant elle : grise, traversée de ramifications électriques bleutées.

Au virage, un nouvel accident se produisit. Des hennissements de douleur et des cris éclatèrent juste derrière eux. La jeune fille ne se retourna pas. Seule comptait la ligne d'arrivée, toute proche… La victoire était à sa portée. Si elle parvenait à distancer le cavalier bleu… Elle réalisa soudain combien son esprit s'était éclairci. Ses jambes étaient moins douloureuses. Elle tenait mieux en équilibre. Ira était devenu la prolongation de ses bras, de ses jambes, de son âme. Ils filaient comme le vent. Comme l'orage. Un orage animal, ivre de vitesse.

Ira et le Bleu avaient cessé de s'affronter. Concentrés sur la course, ils fonçaient vers la ligne d'arrivée. La fin de la course n'étaient plus très loin. Mais soudain, le Bleu reprit une longueur d'avance. Alix se pencha sur l'encolure d'Ira. De petits brandons électrisèrent ses joues. Elle ne bougea pas d'un pouce.

– Vas-y ! cria-t-elle.

Centimètre par centimètre, l'étalon noir amenuisa la distance qui le séparait de son adversaire. Ses foulées s'allongèrent. Ses jambes avalèrent l'espace. Il remontait le Bleu, la tête à la hauteur de sa croupe, puis de son flanc, de son encolure. Alix craignait que leur concurrent tente de nouveau de les envoyer dans le décor, si proches du but. Mais les deux chevaux étaient désormais focalisés sur leur course.

Les deux hautes colonnes d'acier qui matérialisaient l'arrivée apparurent à travers la pluie. La foudre les frappait sans relâche.

Le bout du nez d'Ira dépassait celui du Bleu. Puis son chanfrein, sa tête... Il allait gagner ! Alix hurla. Un cri de joie, de victoire, de ferveur, de défi. Ira accéléra jusqu'à son point de rupture, et lancé à une allure folle, il franchit la ligne d'arrivée.

Chapitre 25

J*'ai gagné,* pensa Alix, stupéfaite.

Elle tremblait de tout son corps. Ses oreilles bourdonnaient. Le cirque criait : « *Russati, Russati* ! » Même quand Flaccus courut vers elle, elle resta cramponnée aux rênes, et il fallut qu'il la saisisse par la taille pour qu'elle daigne descendre de cheval. Dans les tribunes, la foule était debout. Un palefrenier de la faction avait dû souffler son nom dans les gradins, car tous scandaient en chœur : « Alix, Alix ! » Avec un temps de retard, la jeune fille réalisa qu'il s'agissait de son vrai nom. Enfin, elle croisa le regard de l'entraîneur. Sa figure brûlée était ridée par un méchant sourire. Elle se raidit, dans l'attente de reproches, mais ses yeux d'acier s'éclairèrent.

– Prépare-toi, lui annonça-t-il. Tu repars dans la quatrième.

Alix crut qu'elle allait perdre connaissance.

Au terme de quatre jours de Déluge, la pluie cessa et les Jeux s'achevèrent. Alix avait remporté six victoires supplémentaires et gagné près de trois cent mille sesterces. Une fortune dont la plus grande partie revenait à Caius. Son retour vers les écuries de la faction fut très différent de son arrivée en début de semaine. Des gens qu'elle ne connaissait pas la félicitaient. On acclamait Ira et Alix, les héros de ces Jeux inoubliables. Sur les visages, elle lisait de la haine, de l'envie, de l'admiration. Les partisans de la concurrence l'insultaient et la maudissaient. De nombreuses tablettes en plomb porteraient son nom désormais.

– Ils te jalouseront, ils te haïront et ils t'aimeront, lui déclara Flaccus. Il faudra t'y habituer.

La jalouser. L'aimer. Elle, l'enfant arrachée à la boue et à la pluie. Ça n'avait aucun sens. Mais elle hochait la tête. Elle savait bien ce qu'il voulait dire.

Le monde est un cirque !

Ils arrivèrent à la faction. Debout contre les portes rouges, une silhouette les attendait, appuyée sur un bâton. Le cœur d'Alix s'affola et elle marcha plus vite, tirant Ira par la bride. Marcus réussit l'exploit d'affecter une pose nonchalante malgré sa cheville cassée. Il sourit largement, comme s'il n'avait pas mal, comme s'il pouvait courir encore, comme si elle ne l'avait pas remplacé à la tête des cavaliers rouges…

Les membres de la faction eurent la délicatesse de les laisser en tête à tête. Alix se précipita vers son ami.

Malgré les cernes violacés, les yeux de Marcus pétillaient en la dévisageant.

– Tu étais censé rester allongé ! s'exclama la jeune fille, feignant la colère.

– Tout est ta faute. La foule hurlait ton nom à pleine gorge. Impossible de fermer l'œil. Tu as vu mes cernes ?

– Désolée !

– Combien as-tu gagné aujourd'hui ?

Elle fit semblant de réfléchir, mais elle avait déjà fait le calcul. De nombreuses fois.

– Pour la faction ou pour moi ?

– Pour moi ! corrigea-t-il.

– Je ne sais pas. Tu veux compter ?

Avec un sourire malicieux, elle sortit une bourse de sa tunique. Par l'échancrure du sac de cuir brillaient des pièces d'argent. Le garçon agrandit les yeux. Il y en avait des centaines ! Précipitamment, il masqua la bourse replète de ses mains.

– As-tu perdu la tête ? Cache ça ! C'est une vraie fortune.

Elle escamota le sac et lui fit un clin d'œil.

– Cinq mille sesterces. Est-ce assez pour racheter ta liberté ?

– Cet argent est à toi, répondit-il sérieusement. J'ai encore quelques trucs à faire par ici, tu sais.

Alix opina. Elle n'avait pas oublié leur conversation, sur la butte du Palatin. Pour la première fois depuis sa capture, un avenir se dessinait dans sa tête. Légitimés par leurs victoires, Marcus et elle pouvaient infléchir le monde brutal des courses. Ils ne se battraient plus seulement pour eux, mais pour les fulgurs que la folie des hommes conduisait dans l'arène. Ils commenceraient par la faction des Rouges, puis tout doucement, étendraient leurs idées aux autres écuries. Elle s'imagina parmi les chevaux, au milieu des dos et des crinières, dans une Rome un peu moins cruelle.

Avec tendresse, elle enlaça Marcus…

– Attention, mes côtes ! commença-t-il

… et elle scella ses lèvres d'un baiser.

Prenant appui sur sa jambe valide, il l'enserra à son tour. Il se raccrocha à elle, comme à un arbre, et ils s'embrassèrent, heureux d'être en vie. Ira leur souffla dans les cheveux. Cela fit rire Alix et elle s'écarta un peu de son ami, sans le lâcher.

– Bienvenue à la maison, dit-il.

Jamais elle n'aurait cru acquiescer à une telle phrase, prononcée ici, par un garçon né à Rome. Mais elle hocha la tête, sereine. Elle, la déracinée, tant qu'elle serait avec son ami et son cheval, elle serait chez elle n'importe où. Si loin de son village, dans le sang et la peur, elle avait trouvé autre chose. Elle laissa le vent balayer sa haine, dissoudre ses démons. L'humiliation, le désespoir tombèrent en poussière, et la brise les effaça. Il était temps de vivre désormais. Elle se sentait légère et heureuse. Libre enfin.